一字一次就學夠！

日語一字多義快記詞典

劉艾茹／著
Aikoberry／繪

笛藤出版

前言

大家在學習日文上，是否有發覺到，儘管是相同的語彙，但在不同的例句中，卻有完全不一樣的解釋，因而傷腦筋不知該如何理解才好的經驗呢？還有，你曾碰過好不容易記了一堆新的單字，卻在日文文法考試時派不上用場的情形嗎？

其實日文和中文一樣，都有所謂的「一字多義」。例如「可愛」這個單字，就有長相可愛和個性天真可愛的意思。亦即，在所有的語言裡，都會有相同的單字卻擁有好幾個意思，並且轉換成其他意思的情形存在。

作者的幼年時期雖是在日本度過，但回台灣後在國內的大學就讀日文系時的求學過程卻不能說很順利。首先在上「文法」課時，發覺自己雖然能夠理解日文文法的意思，但卻缺乏學術性說明的技巧，以致於被同學問及日文文法相關問題時，都無法做出適切的說明。並且即使能夠用日文去理解日文，但在翻譯成中文時就苦於不知要如何表達才貼切。那時，我會查字典及上網，參考該詞彙的解釋和語氣，以及相關書籍及例句，找出正確的表達方式。不過，我想所有的日語學習者無法這樣花費如此多的時間與精力，再加上我發現現今出版的參考書以整理歸納「同音異義」的工具書為多，有關相同語彙在不同例句中有不同解釋的工具書，除了字典以外，似乎頗難尋獲，因此我下定決心撰寫本書，期能對日語學習者有所助益。

本書的內容以日常生活中及職場常用的語彙為主，把同時具有好幾個意思的詞彙進行詞性分類，並列舉出讓讀者容易理解其各別意思、語氣及用法的例句。若能藉此更有效提升讀者理解各個詞彙的能力，那就太榮幸了。衷心期望各位學習日文能事半功倍。

前書き

日本語の学習において、時々同じ語彙にも関わらず違う例文の中での意味が全く違う場合があることに気づき、どのようにして理解していけば良いのかについて悩んだことはおありでしょうか。また、せっかく新しい語彙をたくさん覚えたけれども、日本語の文法の試験では全然役に立たないというようなことに直面したことはありますでしょうか。

実は日本語も中国語も同じ語彙でありながら複数の意味を持つ場合があります。例えば、「かわいい」という言葉は容姿がかわいい、または性格が素直でかわいいとの意味を持ちます。つまり、あらゆる言語において同じ語彙に複数の意味を持つ場合があったり、他の意味に転じることがあったりします。

筆者は日本で生まれ幼少期時代を日本で過ごして来ましたが、帰国後台湾の大学で日本語を専攻した際の学習過程は順調とは言えませんでした。まず、「文法とは」の授業に出席した時は日本語を理解していながらも学術的に説明するスキルは自分に不足していることに気づき、クラスメートから日本語の文法について質問された時はきちんとした説明をすることができませんでした。また、日本語を日本語のまま理解していながらも、中国語に訳す際はどのような表現をした方が適切かについても苦労しました。その都度辞書やインターネットを使い、語彙の意味とニュアンス、そして関連する書籍や例文を参考し、誤解のない表現を見つけ出してきました。ただ、全ての日本語学習者にここまでの時間と労力を掛けることに限界を感じることもあろうと考えた上に、現在出版されている参考書は「同音異義語」をまとめたものが多く、同じ語彙が異なる例文での解釈の違いに関するツールは辞書以外になかなか見当たらないことに気づき、日本語学習者に役立つよう本書の作成を決意いたしました。

本書では日常生活や職場でよく使われている語彙を中心に、複数の意味を持つ語彙を品詞別にカテゴリー分けし、それぞれの意味、ニュアンス、使い方が理解しやすいよう例文を提示しております。それによって、より効率的にそれぞれの語彙を理解できると幸いです。皆さんの日本語学習が半分の労力で倍の成果をあげることを心より祈っております。

CONTENTS

※ 按五十音順序排列

—Part 1 名詞—

—Part 2 動詞—

—Part 3 形容詞、連體詞、形容動詞—

—Part 4 副詞—

—｜附錄｜小文章—

MEMO

Part 1

名詞

名詞是不會發生語尾變化的詞彙，可以用來表示人事物的名稱，在日文的文法上稱作「體言」，可以作為主詞使用，而一般在一篇文章中出現最多的語彙會是名詞。

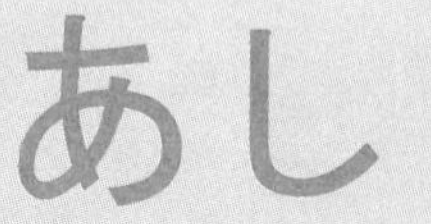

足

① 腳、腿 ｜ ② 交通工具

① 腳、腿

- 私（わたし）の**足**（あし）は26（にじゅうろく）cm（センチ）もあるので、婦人靴（ふじんぐつ）を買（か）うのにいつも苦労（くろう）します。

  我的**腳**有 26 公分長，所以每次要買女鞋時都很難買。

- モデルの人（ひと）は**足**（あし）が長（なが）い人（ひと）が多（おお）いですね。

  模特兒**腿**長的人很多。

② 交通工具

- この車（くるま）は結構古（けっこうふる）いが、私（わたし）にとっての大事（だいじ）な**足**（あし）だ。

  這部車雖然很舊了，不過對我來說是很重要的**交通工具**。

- 僕（ぼく）はこのトラックを**足**（あし）として毎日運送（まいにちうんそう）を頑張（がんば）っている。

  我每天都開著這輛卡車當作**交通工具**努力送貨。

慣用句

①	足(あし)が付(つ)く	留下蹤跡、蛛絲馬跡
②	足(あし)が出(で)る	支出超出預算、負債
③	地(ち)に足(あし)が付(つ)く	腳踏實地的
④	足(あし)が棒(ぼう)になる	腳很累、鐵腿
⑤	足場(あしば)を固(かた)める	做足準備
⑥	足元(あしもと)を見(み)る	掌握人的弱點利用
⑦	足(あし)を洗(あら)う	洗心革面
⑧	揚(あ)げ足(あし)を取(と)る	抓住對方的小辮子責備
⑨	足(あし)をすくう	陷害、捅一刀
⑩	足(あし)を伸(の)ばす	移動、到某處
⑪	足元(あしもと)にも及(およ)ばない	天差地別、無法比較
⑫	足元(あしもと)から鳥(とり)が立(た)つ	發生無法預料的事情；匆忙地採取行動
⑬	足(あし)を使(つか)う	來回走動
⑭	浮足立(うきあしだ)つ	不安、害怕、無法冷靜的樣子
⑮	足元(あしもと)に火(ひ)が付(つ)く	危機正接近
⑯	その足(あし)で	順便去、順勢

包含「足」的慣用句

解釋「足」除了腳以外還可以表示腳印。

① 足が付く（あしがつく）

留下蹤跡、蛛絲馬跡

違法な手段で手に入れたお金は銀行に預けると**足が付く**ので、高価な絵画や骨董品に換えて保管するというシーンはドラマで良く見かける。

我們常會在連續劇裡看到，如果把用非法手段獲得的金錢存到銀行的話會**暴露行蹤**，於是就把錢換成高價的繪畫或骨董保存的劇情。

逃亡中の犯人は大概消費記録が残らない方法で買い物をし、**足が付かないよう**にしているのだろう。

逃亡中的犯人大都會用不留下消費紀錄的方法購物，**以免暴露行蹤**。

② 足が出る（あしがでる）

支出超出預算、負債

結婚式はこだわりが多ければ多いほど費用が跳ね上がるので、**足が出ないよう**予算管理をしっかりしようね。

對婚宴愈講究，費用就愈會往上飆升，所以我們要小心控管**不要超出預算**喔。

最近インスタ映えするために高級品を投稿している人が一定数いるが、果たして本物のお金持ちなのか、ただの足が出ている生活を送っている見栄っ張りなのかは知る由がない。

最近有一部分人會在 IG 曬出名牌貨的照片，但其中到底是真的有錢人，還是**負債累累**打腫臉充胖子的人？那就無法得知了。

③ 地に足が付く

腳踏實地的

いい加減ギャンブルや株など楽して稼ごうと思うのではなく、ちゃんと地に足の付いた仕事をした方が良いよ。

不要仰賴賭博或買股票這種想要輕鬆賺錢的方式，好好找一份**腳踏實地的**工作才是上策。

外国語を習得するのに 1 か月は到底無理で、地に足が付く方法は時間を掛けて何度も繰り返し練習することです。

學習外文不可能只花一個月就學得成，最**腳踏實地的**方法還是花時間不斷地重複練習。

④ 足が棒になる

腳很累、鐵腿

今日は 3 キロもジョギングして足が棒になったよ。

今天慢跑跑了有 3 公里，害我**鐵腿了**。

憲兵は長い時間ビシッと立っていてピクリとも動かないのに、足が棒になることはあるのかな。

憲兵長時間直挺挺地站著一動也不動，不知道**腳**會不會**痠**啊？

⑤ 足場を固める

做足準備

彼は独立に向けて足場を固めてから今の会社を退社するつもりだ。

他打算**做足**將來要創業的**準備**後，再離開現在的公司。

秘書の田中は高橋先生の地盤を受け継ぎ政治家としての足場を固め、国会へ進むことを目指しています。

擔任秘書的田中繼承了高橋議員的選舉地盤，等到**做好**足以當上政治人物的**準備**後再以前進國會為目標。

⑥ 足元を見る

掌握人的弱點利用

私は慎重な性格なため、常に足元を見て堅実な計画を立ててから行動しています。

由於我的個性很謹慎，所以總會**注意自己的弱點**，訂定穩健的計畫後再採取行動。

海外旅行の時、観光客であるということで足元を見られて高値を吹っかけられるかも知れないので気を付けてください。

去國外旅遊時，要小心別人也許會利用你是觀光客的弱點，就故意哄抬價格。

⑦ 足を洗う

洗心革面

彼は昔ヤンチャをしていたが、今はもう足を洗って家業を継ぐことにしました。

他以前是個小混混，不過現在已經洗心革面決定繼承家業了。

彼は以前ネズミ講をしていたらしいが、家庭を持ち始めて子供も生まれたのでその世界から足を洗ったらしいよ。

聽說他以前是在做老鼠會（傳銷）的工作，不過組織了家庭、孩子也出生後，就決定洗心革面離開那個行業了。

⑧ 揚げ足を取る

抓住對方的小辮子責備

政治家や芸能人など公の場で活躍している人達は普段の言動に十分注意する必要があり、もし万が一失言でもするとメディアに揚げ足を取られてしまいますよ。

像政治人物以及藝人等活躍於公眾場合的人，平時要十分注意自己的言行舉止，不然萬一有個失言，就會被媒體抓住小辮子攻擊。

⑨ 足をすくう

陷害、捅一刀

いくら信頼している人でも、社会では人間の本性を見極められない場面が多々あり、いつ足をすくわれるか分からない時があります。

不管你有多信任對方，在社會上很多情況下無法看清人的本性，有時不知什麼時候會被對方捅一刀。

見返りを求める政治献金や賄賂などを受け取ってしまうと、いつ足をすくわれて失脚するかが心配だから絶対断るようにしています。

如果收受有目的的政治獻金及賄賂的話，不知道何時會被陷害拉下台來，所以我都一律拒絕。

⑩ 足を伸ばす

移動、到某處

関西旅行をするのなら、是非奈良まで足を伸ばしてみてください。

如果要去關西旅遊的話，請務必到奈良看看。

来年はヨーロッパまで足を伸ばしてみたい。

我明年想要到歐洲看看。

⑪ 足元(あしもと)にも及(およ)ばない

天差地別、無法比較

私(わたし)はただ趣味(しゅみ)でピアノを続(つづ)けているだけでプロでもなんでもないですし、世界(せかい)のピアニストと比(くら)べたら足元(あしもと)にも及(およ)ばないですよ。

我不過是因為有興趣而持續在彈鋼琴而已，既不是專業的琴手，和世界知名的鋼琴家相比也是天差地別。

うちはまだ創業(そうぎょう)2年目(にねんめ)のベンチャー企業(きぎょう)で、売上(うりあげ)や実績(じっせき)などは大手(おおて)の広告代理店(こうこくだいりてん)と比(くら)べるとまだまだ足元(あしもと)にも及(およ)びません。ただ、その代(か)わり小回(こまわ)りが利(き)くことがメリットとなりますので、是非(ぜひ)ともご依頼(いらい)をご検討(けんとう)いただけると幸(さいわ)いです。

我們公司是才創立第2年的新創公司，業績和實際經驗都比不上大品牌的廣告代理店，但是我們的優勢在於能夠隨機應變非常彈性好配合，所以希望您能考慮將案件交給我們。

⑫ 足元(あしもと)から鳥(とり)が立(た)つ

發生無法預料的事情；匆忙地採取行動

先月婚約(せんげつこんやく)したばかりなのに、足元(あしもと)から鳥(とり)が立(た)つように私(わたし)が海外(かいがい)へ赴任(ふにん)することになってしまった。

我上個月才剛訂婚而已，卻沒有預料到突然要被外派到國外去了。

父は定年後のセカンドライフを満喫したいと言い、足元から鳥が立つように一人でタイへロングステイすることにした。

爸爸說想要享受退休後的新生活，之後就立馬隻身前往泰國 LONG-STAY 了。

⑬ 足を使う

來回走動

警察は足を使って捜査を行い、時にはインターネットでの情報も合わせて確認することで犯人の手掛かりを見つけようとしています。

警察會到處走動搜查，有時也會搭配網路上的資訊找出關於嫌犯的線索。

リハビリは継続的に行うことが大事で、足を使って散歩をしたり、適度なウェートトレーニングをしたりすることで体を支える筋肉を増やすことができます。

復健最重要的就是持之以恆，可以來回走動散散步、做做適度的重訓，以增加支撐身體的肌肉量。

⑭ 浮足立つ

不安、害怕、無法冷靜的樣子

株価の大暴落に大幅なリストラが行われる噂が流れている中、社員達は浮足立つ。

股價暴跌又加上有謠言說將進行大規模的裁員，所以員工們人人都非常不安的様子。

今日は大事な契約を交わす大事な日に限って、電車の遅延に道中の渋滞で会議に間に合うか否かで浮足立つ。

今天要簽一份非常重要的契約，卻偏偏在這一天遇到電車延誤，又是路上塞車的，我很擔心是否會趕不上開會時間。

⑮ 足元に火が付く

危機正接近

人間足元に火が付くような時は、普通家族を一番に守ろうとします。

人在危機正接近時，通常都會以保護家人為優先。

会社は経営不振で昨年より赤字決済が続き、これ以上経営の改善の見込みがなければ本当に足元に火が付く状況に陥りますよ。

公司經營不善，造成從去年開始年度結算都以赤字收尾，如果經營上再沒能有所改善的話，就真的會陷入危機了。

⑯ その足で

順便去、順勢

今日は銀行での用事があるので、その足で買い物をしてから帰るね。

今天我要去銀行辦事，就順道去買完東西後再回家喔。

あじ　味

① 味道
② 感受、滋味
③ 味をしめる 片語
嚐到甜頭、食髓知味

① 味道

私は未だに10年前に食べたあのレストランの**味**が忘れられない。

我至今依舊無法忘懷10年前那家餐廳的**味道**。

子供にとっておふくろの**味**は特別だ。

對孩子而言，媽媽的**味道**是很特別的味道。

② 感受、滋味

財閥生まれのお嬢様はきっと貧乏の**味**を知る訳がない。

出生於財團的千金小姐不可能會了解貧窮的**滋味**。

家族団欒で、みんな健康で、安心して生活できることがきっと幸せの**味**なんだな。

家庭和樂且大家都很健康能夠安心地生活，這就是幸福的**滋味**吧。

③ 味(あじ)をしめる｜嚐到甜頭、食髓知味 片語

人(ひと)の弱(よわ)みに付(つ)け込(こ)んで脅迫(きょうはく)してくるような人(ひと)は、仮(かり)にお金(かね)を渡(わた)したとしても**味(あじ)をしめて**何度(なんど)も何度(なんど)も繰(く)り返(かえ)すに違(ちが)いない。

會抓住人的弱點來恐嚇別人的人，就算你把錢交給他，他也一定會**食髓知味**，三番兩次再來恐嚇你。

無理(むり)な要求(ようきゅう)をしてくるクレーマーに一度(いちど)でも折(お)れてしまったら、その**味(あじ)をしめて**次(つぎ)はもっと理不尽(りふじん)なことを求(もと)めてくるから気(き)を付(つ)けて。

如果對於提出無理要求的奧客讓過一次步的話，他們便會**食髓知味**，下次會提出更過分的要求，所以要小心。

MEMO

あたま　頭

① 頭部
② 腦筋、腦部
③ 頭髮
④ 開端
⑤ 代表、領袖

① 頭部

人間（にんげん）の赤（あか）ちゃんは頭（あたま）が大（おお）きく手足（てあし）が短（みじか）いです。

人類的嬰兒頭都很大，而四肢都短短的。

自転車（じてんしゃ）やオートバイに乗（の）る時（とき）は必（かなら）ず頭（あたま）にヘルメットを被（かぶ）ってください。

騎腳踏車及機車時，請務必在頭上戴安全帽。

② 腦筋、腦部

彼（かれ）は幼（おさな）い頃（ころ）から頭（あたま）の回転（かいてん）が速（はや）い子（こ）で、いつもユニークな事（こと）を言（い）う子（こ）だった。

他從小腦筋就動得快，而且總是會說出非常獨特的想法。

自閉症（じへいしょう）の子（こ）は頭（あたま）が悪（わる）いのではなく、得意（とくい）な事（こと）と苦手（にがて）なことがはっきりしているため、苦手（にがて）な事（こと）は適度（てきど）に他人（たにん）の助（たす）けを受（う）けながら普通（ふつう）に生活（せいかつ）していくことは可能（かのう）となります。

自閉症的孩子並不是**腦筋**不好，只是擅長與不擅長的事情會很明顯有所差別，所以只要在不擅長的部分適度地接受旁人的協助，他們也能夠過著普通的生活。

今回（こんかい）の人間（にんげん）ドックで**頭**（あたま）に（に）2センチ台（だい）の腫瘍（しゅよう）が出来（でき）ていることが分（わ）かりました。

透過這次的住院健康檢查，得知在**腦部**有長出２公分左右的腫瘤。

③ 頭髮

彼（かれ）はまだ40歳（よんじゅっさい）なのに**頭**（あたま）が真（ま）っ白（しろ）になってしまいました。

他才40歲而已，卻已經滿頭白**髮**了。

最近（さいきん）は段々暑（だんだんあつ）くなってきたので**坊主頭**（ぼうずあたま）にしようと思（おも）います。

最近變得愈來愈熱了，所以我想去剃**光頭**。

④ 開端

はい、本日（ほんじつ）は4（よん）ページの**頭**（あたま）から説明（せつめい）を行（おこな）います。

好，今天我們要從第４頁的**開頭**開始說明。

私（わたし）は来月（らいげつ）の**頭**頃（あたまごろ）に帰国（きこく）する予定（よてい）です。

我預計在下個月**初**左右回國。

⑤ 代表、領袖

生徒会長(せいとかいちょう)は学生(がくせい)の頭(あたま)として学校(がっこう)に色々物申(いろいろものもう)す存在(そんざい)であります。

學生會長是以學生的代表，向學校表達各種意見的人。

慣用句

①	頭(あたま)に来(く)る・頭(あたま)から湯気(ゆげ)を立(た)てる	生氣、滿腔怒火、火大
②	頭(あたま)が上(あ)がらない	感謝；不敢忤逆、抬不起頭來
③	頭(あたま)が下(さ)がる	佩服、尊敬
④	頭(あたま)を下(さ)げる	謝罪；鞠躬
⑤	頭(あたま)が固(かた)い	頑固、故步自封
⑥	頭(あたま)ごなし	不分青紅皂白地
⑦	頭(あたま)を冷(ひ)やす	冷靜
⑧	頭(あたま)を抱(かか)える	煩惱、抱頭苦思
⑨	頭(あたま)が重(おも)い	鬱悶、心情沉重
⑩	頭(あたま)が切(き)れる	聰明、反應很快
⑪	頭(あたま)に入(い)れる・頭(あたま)に叩(たた)き込(こ)む	記得、記住、記在腦子裡
⑫	頭(あたま)から水(みず)を浴(あ)びたよう	遭遇突發的怪事感到莫名恐懼（看到鬼一樣）

包含「頭」的慣用句

解釋 「頭」可以表示頭部或是頭腦、腦筋、思緒等意味。

① 頭(あたま)に来(く)る・頭(あたま)から湯気(ゆげ)を立(た)てる

生氣、滿腔怒火、火大

いい歳(とし)して礼儀(れいぎ)がなってない人(ひと)を見(み)かけると本当(ほんとう)に頭(あたま)に来(く)る。

看到已經年紀一大把還這麼沒禮貌的人，真的很令人火大。

動物(どうぶつ)を虐待(ぎゃくたい)する悪質(あくしつ)な動画(どうが)をインターネット上(じょう)で目(め)にすると、悲(かな)しさを通(とお)り越(こ)して頭(あたま)から湯気(ゆげ)が立(た)ってくる。

在網路上看到虐待動物的惡劣影片，讓我滿腔怒火勝過悲傷的情緒。

② 頭(あたま)が上(あ)がらない

感謝；不敢忤逆、抬不起頭來

いつもお世話(せわ)になりっぱなしで頭(あたま)が上(あ)がりません。

一直以來總是受你照顧，我真的很感謝。

彼(かれ)は奥(おく)さんの尻(しり)に敷(し)かれて家(いえ)では頭(あたま)が上(あ)がらないようだ。

他被老婆管得死死的，好像在家都抬不起頭來的樣子。

③ 頭が下がる
佩服、尊敬

小林先輩は同時に5つものプロジェクトを抱えているにも関わらず、いずれも期日内に完成することができて頭が下がります。

小林前輩儘管同時擔任 5 項企劃案，卻全都在期限內完成，真令人佩服。

④ 頭を下げる
謝罪；鞠躬

失敗やミスをした時は言い訳をせず、誠心誠意頭を下げてから打開策を論じましょう。

失敗及出錯時不要狡辯，而是要誠心誠意地謝罪後，再來討論解決方法吧。

日本のお店では頭を下げながら「いらっしゃいませ」と言って店員さんが迎えてくれることが多いです。

在日本的店家，店員大都會一邊鞠躬一邊說「歡迎光臨」來迎接客人上門。

⑤ 頭が固い（あたま かた）

頑固、故步自封

父は頭が固く、未だにパソコンを使おうとせずワープロを使い続けています。

我爸爸很頑固，到現在都還不想使用電腦，繼續用著他的日文打字機。

⑥ 頭ごなし（あたま）

不分青紅皂白地

子供が喧嘩をしたのであれば頭ごなしに叱るのではなく、しっかり子供の話と事の経緯を聞いてからどう対応すべきか考えた方が良いと思います。

不要因為孩子跟人吵架就劈頭不分青紅皂白地責罵，我想應該要好好聽完孩子敘述事情發生的經過後，再想想要怎麼處理比較妥當。

⑦ 頭を冷やす（あたま ひ）

冷靜

試験を５回も受けてまた落ちてしまったよ。ちょっと頭を冷やしたいから散歩に行ってくるね。

考試考了５次還是沒考過，我想要去散個步好好冷靜一下。

⑧ 頭(あたま)を抱(かか)える

煩惱、抱頭苦思

先生(せんせい)は授業内容(じゅぎょうないよう)を生徒(せいと)により伝(つた)わりやすく、理解(りかい)しやすいようにと日々(ひび)頭(あたま)を抱(かか)えています。

老師每天都在**苦思**，要如何讓學生對於課程內容更容易吸收與了解。

部長(ぶちょう)は新商品(しんしょうひん)をどのように売(う)り出(だ)すべきかについて、連日(れんじつ)頭(あたま)を抱(かか)えています。

經理連日來都在**苦思**該如何販售這項新產品才好。

⑨ 頭(あたま)が重(おも)い

鬱悶、心情沉重

仕事(しごと)を失(うしな)い再就職(さいしゅうしょく)の目途(めど)が立(た)っていない中(なか)、本当(ほんとう)に頭(あたま)が重(おも)いです。

丟了飯碗後新的工作也還沒有任何著落，真讓我好**鬱悶**啊。

⑩ 頭(あたま)が切(き)れる

聰明、反應很快

彼(かれ)は小(ちい)さい頃(ころ)から神童(しんどう)と呼(よ)ばれるほど頭(あたま)が切(き)れていました。

他從小就**聰明**到被稱為神童。

⑪ 頭に入れる・頭に叩き込む

記得、記住、記在腦子裡

海外では自国の常識が通用するとは限らないということはしっかり<u>頭の中に入れる</u>べきです。

我們應該要好好記住，在國外時，自己國家的常識，在當地不見得行得通。

この問題は試験によく出てきますので、しっかり<u>頭の中に叩き込んで</u>ください。

這個問題考試常出現，請好好把它記在腦子裡。

⑫ 頭から水を浴びたよう

遭遇突發的怪事感到莫名恐懼（看到鬼一樣）

彼はすれ違った人の顔を見て、<u>頭から水を浴びたよう</u>に大急ぎで逃げて行った。

他看到和他擦肩而過的人，就像看到鬼一樣火速逃走了。

うえ　上

① 上面
② 外面（在衣服的上層再加一件）
③ 大（比原先的尺寸再大一些）
④ 年長、老大
⑤ 優秀、高階
⑥ 上層、地位高的人
⑦ 以……為前提
⑧ 之後

① 上面

テーブルの上（うえ）にあったケーキは誰（だれ）か食（た）べたの。

之前放在桌上的蛋糕有誰吃掉了嗎？

上（うえ）の階（かい）には子供（こども）が住（す）んでいるみたいだね。時々（ときどき）元気（げんき）の良（い）い笑（わら）い声（ごえ）と足音（あしおと）が聞（き）こえてくる。

樓上似乎有住著小朋友喔，有時候會聽到元氣滿滿的笑聲和腳步聲。

② 外面（在衣服的上層再加一件）

今日（きょう）はとても寒（さむ）いからセーターの上（うえ）にコートを羽織（はお）った方（ほう）が良（い）いよ。

因為今天非常冷，所以最好在毛衣外面再添一件大衣比較好喔。

セーターの上にＴシャツを着るのはちょっとおかしいよ。

在毛衣外面穿Ｔ恤有點奇怪耶。

③ 大（比原先的尺寸再大一些）

この靴はもう段々きつくなってきたから、一つ上のサイズに換えないとね。

這雙鞋感覺愈來愈緊了，得換大一號的才行。

A: お飲み物のサイズは如何いたしますか。
B: 一番上の方をください。

A: 您飲料的大小尺寸要哪一種的呢？
B: 請給我最大杯的。

④ 年長、老大

私は３つ上の姉が１人います。

我有一個大我３歲的姊姊。

吉田さんのお宅は上が３歳で、最近弟が生まれました。

吉田家的老大是３歲，不過最近多了個弟弟。

⑤ 優秀、高階

今回の試験に合格できれば、一番上のクラスに行けるよ。

如果通過這次考試的話，就可以進到最**高階**的班了喔。

世の中上には上がいるもんなんだね。

這世界上可以說是**人外有人天外有天**啊。

⑥ 上層、地位高的人

軍隊では紀律が厳しいため、上からの命令は絶対です。

由於軍隊的紀律很嚴格，所以**上層**的命令要絕對服從。

経営方針は上からの判断でがらりと変わることは普通です。

經營方針因公司**上層**的判斷而完全變樣是很平常的事。

⑦ 以……為前提

修学旅行の思い出作りは大事だけど、安全である上で思いっきり楽しんでください。

營造畢業旅行的回憶固然重要，不過盡情玩樂時，請**以**安全**為考量**。

私は両親に迷惑を掛けない上で自分の夢を追い続けたい。

我想**在**不給父母添麻煩的**前提下**，繼續追求自己的夢想。

⑧ 之後

こちらの書類(しょるい)にお名前(なまえ)、お電話番号(でんわばんご)、ご住所(じゅうしょ)をご記入(きにゅう)の上(うえ)、3番(さんばん)カウンターまでお持(も)ちください。

請在這份文件上填寫您的姓名、電話、地址後，拿到3號櫃台提交。

こちらにサイン、捺印(なついん)をした上(うえ)、指定(してい)の住所(じゅうしょ)まで郵送(ゆうそう)してください。

請在這裡簽名、蓋章後，郵寄到指定的地址。

MEMO

うで　腕

① 手臂
② 腕力
③ 技術、功夫、本領

① 手臂

- ボディービルダーは全身筋肉（ぜんしんきんにく）で腕（うで）も太（ふと）い。

  健美選手全身都是肌肉，而且手臂也很粗壯。

- 交通事故（こうつうじこ）で腕（うで）が折（お）れてしまった。

  我因為出車禍摔斷手臂了。

② 腕力

お相撲(すもう)さんと腕相撲(うでずもう)をするなんて勝(か)てる訳(わけ)ないよ。

跟相撲選手比腕力不可能會贏的啦。

③ 技術、功夫、本領

料理(りょうり)の腕上(うであ)げたね。毎日(まいにち)お弁当(べんとう)を作(つく)った成果(せいか)がやっと実(みの)ったよ。

你的烹飪技術變好了耶！每天做便當終於有成果了。

サッカーの腕(うで)を磨(みが)きたくて、高校(こうこう)の時(とき)からブラジルへ行(い)きました。

因為想要鍛鍊足球技術，所以我從高中時就跑去巴西了。

MEMO

表

① 門口、外面
② 表面（物體）
③ 正面
④ 表面（人）、看起來
⑤ 上半場（棒球比賽）

① 門口、外面

さっき表（おもて）に怪（あや）しい人（ひと）がウロウロしてたよ。

剛剛有看到可疑的人在**門口**徘徊喔。

店内（てんない）は全面禁煙（ぜんめんきんえん）なので、喫煙（きつえん）をする方（かた）は表（おもて）の方（ほう）に灰皿（はいざら）が置（お）いてあります。

因為店內全面禁菸，所以要抽菸的顧客，麻煩到**外面**有放菸灰缸的地方抽。

② 表面（物體）

マスクは色（いろ）が付（つ）いている方（ほう）が表（おもて）で、外側（そとがわ）にして着（つ）けてください。

口罩有顏色的部分是**表面**，請朝外配戴。

商品（しょうひん）を出荷（しゅっか）する前（まえ）に汚（よご）れが表（おもて）に付（つ）いていないか必（かなら）ずチェックしてください。

商品要出貨前，請務必檢查**表面**有沒有附著髒汙。

③ 正面

アルミホイルは基本表裏の違いはありませんが、ホイル焼きをする時は艶のない面を表にした方の熱伝導が高まると言われています。

鋁箔紙基本上沒有正反面之分，不過聽說要用鋁箔紙包菜燒烤時，將沒有光澤的那一面朝外的導熱性會比較好。

この商品はロゴが付いているところが表です。

這個商品有商標的地方是正面。

④ 表面（人）、看起來

田中さん表では元気に振る舞っているけど、実は胃がんの末期なんです。

田中先生雖然表面上看起來很有精神的樣子，其實他已經是胃癌末期了。

⑤ 上半場（棒球比賽）

ただいま 9 回表で 12 -10 と僅差となっています。最後までこの得点をキープして逆転されないよう頑張ってください。

目前是 9 局上半，比數是 12-10 非常接近，請繼續加油保持這個分數不要被逆轉情勢。

かお　顔

① 臉 | ② 代表

① 臉

私(わたし)の顔(かお)に何(なに)かついていますか。

我臉上有沾到什麼東西嗎？

彼(かれ)はアメリカ人(じん)とのハーフなので、顔(かお)の輪郭(りんかく)がはっきりしているとよく言(い)われます。

因為他是美國混血兒，所以常常被說臉部的輪廓比較深。

② 代表

航空会社(こうくうがいしゃ)が毎年販売(まいとしはんばい)するカレンダーには従業員(じゅうぎょういん)の顔(かお)である人達(ひとたち)を集(あつ)めて撮影(さつえい)をしています。

航空公司每年販售的年曆，都是召集能夠作為員工代表的人來拍攝的。

慣用句

①	顔(かお)が広(ひろ)い	人脈很廣、吃得開
②	顔(かお)を合(あ)わせる	見面
③	合(あ)わせる顔(かお)がない	沒有臉見
④	顔色(かおいろ)を窺(うかが)う	察言觀色
⑤	顔(かお)に泥(どろ)を塗(ぬ)る	讓人沒有面子
⑥	顔(かお)を出(だ)す	露臉
⑦	涼(すず)しい顔(かお)	彷彿一點都不累；一副事不關己的樣子
⑧	顔(かお)に出(で)る	心情寫在臉上
⑨	顔(かお)を売(う)る	推銷自己
⑩	顔向(かおむ)けができない	太羞愧了無法面對
⑪	顔(かお)を揃(そろ)える	集合、召集

包含「顏」的慣用句

解釋 「顏」除了臉部以外還可以表示面子、顏面等關於臉的抽象意味。

① 顏(かお)が広(ひろ)い

人脈很廣、吃得開

父(ちち)は教育界(きょういくかい)で**顔(かお)が広(ひろ)い**ことで有名(ゆうめい)です。

家父在教育界的**人脈很廣**是眾所皆知的事。

うちは日本(にほん)で少数(しょうすう)カンボジアとの取引(とりひき)や企業進出(きぎょうしんしゅつ)のサポートをしている会社(かいしゃ)なので、向(む)こうでは結構(けっこう)**顔(かお)が広(ひろ)い**ですよ。

我們在日本是少數有和柬埔寨有生意往來及協助企業進軍海外的公司，所以我們在當地還滿**吃得開**的。

② 顏(かお)を合(あ)わせる

見面

また近(ちか)いうちに**顔(かお)を合(あ)わせ**ましょう。

我們近期內再找個機會**碰面**吧。

③ 合(あ)わせる顏(かお)がない

沒有臉見

これだけ皆(みな)さんに迷惑(めいわく)を掛(か)けてしまったのに、今更(いまさら)**合(あ)わせる顔(かお)なんてありません**。

我給大家添了這麼多麻煩，事到如今我**哪有臉見**大家。

④ 顔色を窺う

察言觀色

日本人はよく空気を読むと言い顔色を窺いながら行動することが得意と言われています。

日本人常常被説很會揣摩氣氛，擅長一邊察言觀色一邊行動。

周りの顔色ばかりを窺うよりも、自分の意見をはっきりしたら良いんじゃないかな。

與其窺探周圍的臉色，不如清楚表達自己的意見不是比較好嗎？

⑤ 顔に泥を塗る

讓人沒有面子

今日の会食に参加しないと会長の顔に泥を塗ることになりますよ。早く準備しましょう。

如果不出席今天的餐會就等於不給董事長面子，趕快來準備吧。

⑥ 顔を出す

露臉

今日は久しぶりに母校へ帰ってきたので、教授の研究室や学科事務室へ顔を出してきました。

今天難得回到母校，所以我就去教授的研究室和系辦公室露個臉。

イベント当日は色々忙しいとは思うけど、最後の打ち上げの時くらい顔を出してくれると嬉しいな。

活動當天我知道你有很多事情要忙，不過最後的慶功宴如果你能來**露個臉**我就很高興了。

⑦ 涼しい顔

彷彿一點都不累；一副事不關己的樣子

彼は5つもの業務を抱えてて昨夜も徹夜していたのに、今日も涼しい顔をして仕事を続けています。

他同時擔任 5 項工作，昨天晚上明明還通宵，但今天卻**看起來一點都不累的樣子**繼續在工作。

チーム内で大きなトラブルが起こったにも関わらず、彼は涼しい顔をして定時に帰ってしまった。

儘管我們組發生了大麻煩，他卻**一副事不關己的樣子**，準時下班回家去了。

⑧ 顔に出る

心情寫在臉上

私は嘘がつけない性格なので、感情がすぐ顔に出てしまうんですよ。

因為我的個性就是不會説謊，所以**心情全會寫在臉上**。

彼が不安に感じることは全部顔に出ている。

他不安的心情全寫在臉上。

⑨ 顔を売る

推銷自己

彼は将来起業したいと思い、今から積極的に自分の顔を売って人脈を広げようとしている。

將來他想要自己創業，所以現在就開始處處推銷自己拓展人脈。

⑩ 顔向けができない

太羞愧了無法面對

3 年間イギリス留学に行かせてもらったにも関わらず、TOEIC がたったの 5 5 0 点とは親に顔向けができない。

儘管父母送我去英國留學了 3 年，但是多益才考 550 分而已，實在太羞愧了沒臉見他們。

今年はまさかの甲子園に行けなかった結果となり、監督に顔向けができないよ。

沒想到今年落到無法參加甲子園棒球賽的下場，實在太羞愧了沒臉見教練。

⑪ 顔(かお)を揃(そろ)える

集合、召集

卒業生(そつぎょうせい)の中(なか)から音楽(おんがく)に強(つよ)い<u>顔(かお)を揃(そろ)えて</u>卒業(そつぎょう)ライブをするのはどうかな。

從畢業生當中召集有音樂實力的人來辦個畢業演唱會，你覺得如何？

わが社(しゃ)の外国人従業員(がいこくじんじゅうぎょういん)の<u>顔(かお)を揃(そろ)えて</u>研修(けんしゅう)を行(おこな)います。

召集本公司的外籍員工舉辦研修。

MEMO

かぎ 鍵

① 鑰匙
② 關鍵

③ 鍵をかける・鍵が掛かる
片語 上鎖

① 鑰匙

私は旅行中知らないうちに自宅の鍵を落としてしまいました。

我在旅行中，不知何時弄丟了家裡的鑰匙。

部屋の鍵は住民と管理会社が持っています。

大樓的鑰匙是由房子的住戶和管理公司持有。

② 關鍵

人間が長生きできるにはバランスの良い食生活に加えて、毎日楽しく過ごすことが鍵です。

人長壽的秘訣除了要有均衡的飲食習慣外，每天都保持愉悅的心情才是關鍵。

このプロジェクトは会長の承認が得られるかどうかが鍵だ。

這個案子的關鍵在於能不能得到董事長的認可。

③ 鍵(かぎ)をかける・鍵(かぎ)が掛(か)かる｜上鎖 片語

出掛(でか)ける前(まえ)はドアに鍵(かぎ)をかけているかどうか必(かなら)ず確認(かくにん)してください。

出門前請務必檢查門是否有上鎖。

この金庫(きんこ)は何重(なんじゅう)もの鍵(かぎ)が掛(か)かっていて、きっとすごいお宝(たから)が入(はい)っているに違(ちが)いない。

這個金庫上了好幾道鎖，肯定是放了很珍貴的寶物。

MEMO

かげん 加減

① 分量
② 大小、程度
③ 手加減する 片語 手下留情
④ いい加減にして(ください) 片語 受夠了、不要、別太過分

① 分量

高血圧の人は特に日頃の食事における塩加減のコントロールが必要です。

有高血壓的人需要特別控制日常飲食中的鹽分。

② 大小、程度

A: 力加減はいかがでしょうか。
B: 最近肩凝りがひどいので、強めでお願いします。

A: 力道如何呢？
B: 因為最近肩膀特別硬，麻煩幫我按用力一點。

A: 湯加減はいかがでしょうか。
B: とても気持ち良いです。ありがとうございます。

A: 熱水熱度還可以嗎？
B: 非常舒服，謝謝。

③ 手加減（てかげん）する｜手下留情 片語

ビギナーには手加減（てかげん）してやるよ。

對初學者會手下留情的啦。

今日（きょう）は相手（あいて）が子供（こども）だろうと手加減（てかげん）はしないよ。

今天不會因為對手是小孩就手下留情喔。

④ いい加減（かげん）にして（ください）｜受夠了、不要、別太過分 片語

説教（せっきょう）はもうたくさん。いい加減（かげん）にして！

我已經受夠了説教，你別再説了！

彼（かれ）は十分反省（じゅうぶんはんせい）しています。もう叱（しか）るのはいい加減（かげん）やめてください。

他已經充分在反省了，麻煩不要再罵他了。

MEMO

かべ　壁

① 牆壁
② 隔閡
③ 障礙、關卡

④ 壁（かべ）に耳（みみ）あり 片語
隔牆有耳

① 牆壁

古（ふる）いアパートは家賃（やちん）が安（やす）いけど、壁（かべ）が薄（うす）くて隣（となり）のテレビの音（おと）も聞（き）こえてくる。

舊公寓雖然房租很便宜，不過因為牆壁很薄，連隔壁的電視聲都聽得到。

私（わたし）は部屋（へや）の壁（かべ）を緑色（みどりいろ）に換（か）えました。

我把房間的牆壁換成綠色的了。

② 隔閡

彼（かれ）は人（ひと）と関（かか）わることが苦手（にがて）で、いつも自分（じぶん）から壁（かべ）を作（つく）って距離（きょり）を置（お）いてしまう。

他不擅長和別人相處，總是自己築起一道牆和人保持距離。

外国人が日本人と関わっている時に、なかなか親しくなれず壁を感じるという人は少なくない。

外國人在和日本人相處時，有不少人常會感到有**隔閡**無法變得親近。

③ 障礙、關卡

留学したばかりの時は言葉の壁を感じながらも、ジェスチャーで必死にコミュニケーションを取り、友達もたくさん出来ました。

剛去留學時雖然在語言上感到有**障礙**，不過我努力用肢體動作來溝通，也交到了很多朋友。

陸上の世界では 0.1 秒の壁を乗り越えるのに相当な努力が必要とされています。

在田徑界要突破 0.1 秒的**關卡**，需要耗費相當大的努力才能達到。

④ 壁に耳あり｜隔牆有耳 片語

人の悪口はあまり大げさに言わない方が良いよ。壁に耳ありと言って、いつどこで誰に聞かれているか分からないからね。

別人的壞話不要說得太張揚，話說隔牆有耳不知道在何時何地會被什麼人聽到呢。

「壁に耳あり、障子に目あり」という諺は、どこで誰が見ていたり聞いていたりしているか分からないため、隠し事をしようとしても秘密が漏れやすいとの意味です。

「隔牆有耳、隔牆有眼」這句諺語是表示，不知道會在哪裡被誰看到或聽到，所以即使想要隱瞞秘密也會很容易曝光的意思。

MEMO

きも　肝

① 肝臓	⑥ 肝(きも)を潰(つぶ)す 片語 嚇了一跳、嚇破膽
② 重點	⑦ 肝(きも)に銘(めい)ずる 片語 銘記在心
③ 肝煎(きもい)り 專有名詞 費盡心思	⑧ 肝(きも)が太(ふと)い 片語 大膽、膽子很大
④ 肝試(きもだめ)し 專有名詞 試膽大會	⑨ 肝(きも)がすわる 片語 沉穩
⑤ 肝(きも)っ玉(たま) 專有名詞 魄力	

① 肝臟

日本(にほん)では海(うみ)のフォアグラと呼(よ)ばれる鮟肝(あんきも)が食(た)べられている。

日本人會吃被稱為「海裡鵝肝」的鮟鱇魚肝。

② 重點

蛤(はまぐり)スープを作(つく)る時(とき)は冷水(れいすい)の状態(じょうたい)から鍋(なべ)の中(なか)に入(い)れ、弱火(よわび)で加熱(かねつ)することが肝(きも)です。

煮蛤蜊湯時要在冷水的狀態就放進鍋子裡，且要用小火加熱是重點。

外国語の勉強をする時は、とにかくたくさん話してたくさん間違えても恥ずかしくならない強い心を持つことが肝です。

在學習外文時，重點是要有多說多錯也不會覺得丟臉的膽量。

③ 肝煎り｜費盡心思 專有名詞

この表敬訪問は社長の肝煎りで計画したものなので、失敗は絶対許されない。

這次的參訪是總經理費盡心思籌劃的，絕對不容許任何差錯。

今回のイベントは部長の肝煎りで１年も前から準備をしてきたんですよ。

這次的活動是經理費盡心思從 1 年前就開始準備的喔。

④ 肝試し｜試膽大會 專有名詞

修学旅行の夜は肝試し大会が行われました。

畢業旅行的晚上舉辦了試膽大會。

⑤ 肝(きも)っ玉(たま)｜魄力 專有名詞

昔(むかし)の映画(えいが)では肝(きも)っ玉(たま)母(かあ)ちゃんが家(いえ)を支(ささ)えて奮闘(ふんとう)しているシーンが良(よ)く見(み)られる。

以前的電影常會看到很有魄力的媽媽為家庭奮鬥的畫面。

⑥ 肝(きも)を潰(つぶ)す｜嚇了一跳、嚇破膽 片語

小学校(しょうがっこう)の同級生(どうきゅうせい)がまさか整形(せいけい)をしたとは肝(きも)を潰(つぶ)した。

小學同學居然跑去整了形，真令人嚇了一跳。

⑦ 肝(きも)に銘(めい)ずる｜銘記在心 片語

社長(しゃちょう)の言葉(ことば)を肝(きも)に銘(めい)じて、これからもがんばってくれ！

將總經理的話銘記在心，今後也好好努力吧！

⑧ 肝(きも)が太(ふと)い｜大膽、膽子很大 片語

彼(かれ)は肝(きも)が太(ふと)いため、ジェットコースターもお化(ば)け屋敷(やしき)も全然平気(ぜんぜんへいき)でした。

他膽子很大，所以不管是雲霄飛車還是鬼屋都完全不怕。

私はアウトドアに慣れているので、虫やトカゲなどは全然何とも思わないです。よく女の子なのに肝が太いねと言われますね。

因為我很擅長戶外活動，所以即使看到昆蟲或蜥蜴等都不會覺得害怕，常常被說明明是女生**膽子**卻**很大**。

⑨ 肝がすわる｜沉穩 片語

この子、年の割には肝がすわっているよう見えて、到底6 歳には見えなかった。

這孩子看起來比實際年齡還要**沉穩**，完全看不出來才只有 6 歲而已。

彼は軍人家庭で生まれ育った関係で、いつも肝がすわっているように見えて簡単には動じないように見える。

由於他出生於軍職家庭的關係，所以看起來總是很**沉穩**，不會輕易就心神動搖。

くち 口

① 嘴巴
② 嘴唇
③ 出入的地方
④ 口味
⑤ 説話
⑥ 要撫養的人口
⑦ 吃的次數（○口）
⑧ 交易一次的單位

① 嘴巴

口（くち）に入（はい）っているものを飲（の）み込（こ）んでから話（はな）してね。

把嘴巴裡的東西吞下去之後再説話。

② 嘴唇

10 年前（じゅうねんまえ）くらいは肌色（はだいろ）に近（ちか）い口紅（くちべに）が流行（はや）っていた。

大約 10 年前流行過裸色的唇膏。

③ 出入的地方

フライドチキンのお店（みせ）の入口（いりぐち）には白（しろ）いスーツを着（き）たひげ爺（じい）さんのマスコットが立（た）っている。

炸雞店門口，有個穿著白色西裝留有鬍子的老爺爺的吉祥物。

袖口の部分が汚れているよ。

你的袖口髒髒的喔。

④ 口味

日本酒には甘口と辛口があります。

清酒有分甜的和辣的口味。

私は辛口のカレーが好きです。

我喜歡辣味的咖哩。

⑤ 説話

彼は緊張すると早口になる。

他一緊張，説話速度就會變很快。

彼は口下手ですが、とても真面目で良い奴なんです。

他雖然不太會説話，不過是個很認真很好的人。

⑥ 要撫養的人口

食べる口が多くて、子供たち皆に行き届く教育はやはり無理がある。

因為**要養的孩子**太多了，所以要讓所有的孩子都接受完整的教育實在有所困難。

⑦ 吃的次數（〇口）

それぞれ違うメニューを頼んで、後で一口ちょうだい。

我們各別點不一樣的餐點，然後等一下分我吃一**口**。

⑧ 交易一次的單位

株は一口 =100 枚を最低限の売買単位としています。

股票以一**股** =100 張為最小的單位交易。

抽選はお一人様に付き 3 口まで応募することができます。

抽獎以一個人最多參加 3 **次**為限。

慣用句

No.	慣用句	意思
①	口(くち)にする	吃
②	口(くち)が重(おも)い	不愛說話、話少
③	口(くち)が堅(かた)い	守口如瓶
④	口(くち)が滑(すべ)る	不小心說出來、說溜嘴
⑤	口(くち)が軽(かる)い	大嘴巴、守不住秘密
⑥	口(くち)が悪(わる)い	說話難聽、毒舌
⑦	口(くち)に合(あ)う	合胃口、合口味
⑧	口(くち)に乗(の)る	受到好的評價、受到歡迎・討論
⑨	口車(くちぐるま)に乗(の)せる	上當、受騙
⑩	口(くち)は禍(わざわい)の元(もと)	禍從口出
⑪	口(くち)を利(き)く・口(くち)利(き)きをする	關說、遊說、美言
⑫	口(くち)を出(だ)す・口(くち)を挟(はさ)む	干涉、插嘴
⑬	口(くち)を揃(そろ)える	異口同聲
⑭	口(くち)を慎(つつし)む	謹慎發言
⑮	口(くち)をとがらす	噘嘴、不開心
⑯	口(くち)を割(わ)る	招供、招認、坦白

包含「口」的慣用句

解釋 「口」可以表示嘴巴和人說出來的話或是說話這些行為。

① 口(くち)にする

吃

子供(こども)が口(くち)にするものは全(すべ)て味控(あじひか)えめにしています。

給小孩吃的東西，口味都有弄清淡一些。

② 口(くち)が重(おも)い

不愛說話、話少

彼(かれ)は口(くち)が重(おも)いことで有名(ゆうめい)で、考(かんが)えていることをいつも歌(うた)にして表現(ひょうげん)している。

他是出了名地不愛說話，所以總是用歌曲來表達自己的想法。

もともとは明(あか)るくて元気(げんき)な方(かた)だったのに、旦那(だんな)さんを亡(な)くしてからは口(くち)が重(おも)くなり、あまり出掛(でか)けなくなってしまった。

她原本明明是個開朗活潑的人，不過自從她先生過世後就變得不太說話也不太出門了。

③ 口(くち)が堅(かた)い

守口如瓶

A: この件(けん)は決(けっ)して口外(こうがい)してはならない。分(わ)かったな。
B: 承知(しょうち)しました。私(わたし)は口(くち)が固(かた)いのでご安心(あんしん)ください。

A：這件事絕對不能說出去，知道嗎？
B：知道了。請放心，我口風很緊的。

彼(かれ)は口(くち)が堅(かた)く信用(しんよう)できる。

他守口如瓶值得信賴。

④ 口(くち)が滑(すべ)る

不小心說出來、說溜嘴

秘密(ひみつ)は守(まも)るべきなのに、酔(よ)った勢(いきお)いで口(くち)が滑(すべ)ってしまった。

明明應該要保守秘密的，卻因為喝醉順勢不小心說溜嘴了。

社会(しゃかい)や経済的地位(けいざいてきちい)の高(たか)い人(ひと)は、うっかり口(くち)が滑(すべ)って失言(しつげん)することは許(ゆる)されない。

社經地位高的人，絕不容許不小心說溜嘴而失言。

⑤ 口が軽い

大嘴巴、守不住秘密

あの子は口が軽いことで有名だから、あまり関わらない方が良いよ。

那個女生是出了名的**大嘴巴**，你最好不要跟她扯上關係比較好喔。

⑥ 口が悪い

説話難聽、毒舌

仲の良い友達は口が悪くてひどいことを言い合ったりするけど、本心による真実をいつも言ってくれるから感謝している。

要好的朋友雖然互相**説話都不太好聽**，不過因為都是發自內心的真心話，所以我很感激。

彼は口が悪いだけで、中身は真面目で良い子なんです。

他只是**嘴巴壞**，其實內在是個認真的好孩子。

⑦ 口に合う

合胃口、合口味

台湾料理は日本人の口に合いますか。

台灣料理會**合**日本人的**胃口**嗎？

インド料理は香辛料が効きすぎて私の口に合わない。

印度料理的味道太重了，不合我胃口。

⑧ 口に乗る

受到好的評價、受到歡迎・討論

彼の絵が地域で口に乗って、市役所から観光用の宣伝ポスターのデザイン依頼が来た。

因為他的畫作在地方上受到好評，所以接到了來自市政府的觀光宣傳用海報設計的案件。

タピオカミルクティーは日本の若者の間で口に乗り、今では至る所にお店がある。

珍珠奶茶在日本年輕人之間廣受歡迎，現在到處都有開珍珠奶茶店。

⑨ 口車に乗せる

上當、受騙

保険の契約は自身の需要に応じて検討するべきで、決して保険屋さんの口車に乗せられてはいけない。

保險契約應該要依自己的需求來考量，絕對不可以被拉保險的人花言巧語給騙了。

オレオレ詐欺は自分の身内に成りすまし、お年寄りが言葉巧みに口車に乗せられる犯罪手口です。

電話詐欺是指假扮成自己的親屬，而以巧妙的說詞欺騙老年人的犯罪手法。

⑩ 口は禍の元

禍從口出

口は禍の元と言い、お互い冷静でない時は一旦話し合いをやめた方が良い。

話說禍從口出，互相都不是很冷靜時，最好先暫停溝通比較好。

君は人を傷付ける事ばかり言う癖が治らないのなら、口は禍 の元でいつか本当に訴えられるよ。

你如果無法改掉老是出口傷人的壞毛病的話，總有一天真的會因禍從口出而被告喔。

⑪ 口を利く・口利きをする

關說、遊說、美言

この発明は是非量産して世間に公表したいと思いますが、御社の商品開発部門に口を利いてもらえませんか。

我希望務必將這項發明量產公諸於世，不知道能不能請您向貴公司的產品開發部門美言一下呢？

どの大学も入学の口利きをする、所謂裏口入学を認めていません。

不管哪所大學都不承認自己有接受入學關說，亦即所謂走後門的行為。

⑫ 口を出す・口を挟む

干涉、插嘴

子どもの将来について、親は人生を導く役を果たすべく、口を出すべきではない。

關於孩子的未來，父母應該要扮演引導人生的角色，而非出言干涉。

たとえ君が社長の息子でも経営に口を挟むのは許されない。

即使你是總經理的兒子，也不允許你干涉公司的經營。

⑬ 口を揃える

異口同聲

平成生まれの学生に聞いたところ、皆口を揃えて家にパソコンが 1 台以上あると答えました。

我問了平成年代出生的學生們，結果大家異口同聲回答說家裡至少都有 1 台以上的電腦。

今回の提案について、上層部は口を揃えて賛成と意思表示をした。

關於這次的提案，上層均異口同聲地表示贊成。

⑭ 口(くち)を慎(つつし)む

謹慎發言

後(のち)ほどクライアントのところへ謝(あやま)りに行(い)くから、おかしな言動(げんどう)がないよう口(くち)を慎(つつし)みなさい。

等一下要去客戶那邊賠罪，你要謹慎發言才是。

⑮ 口(くち)をとがらす

噘嘴、不開心

雨(あめ)で外(そと)へ遊(あそ)びに行(い)けないため、太郎(たろう)は口(くち)をとがらせていて機嫌(きげん)が悪(わる)い。

因為下雨無法到外面去玩，所以太郎噘著嘴不開心。

今回(こんかい)は大人(おとな)になろう。いつまでも口(くち)をとがらせてふてくされてないで。

這次你就成熟點吧。不要老是一直不開心在嘔氣。

⑯ 口(くち)を割(わ)る

招供、招認、坦白

容疑者(ようぎしゃ)がやっと口(くち)を割(わ)った。この自供(じきょう)を基(もと)に起訴(きそ)しましょう。

嫌犯終於招供了，就以這份自白起訴他吧。

くび 首・クビ

脖子

脖子

- 昨夜寝違えてしまい、首が痛い。

  昨晚落枕了，脖子好痛。

- ミャンマーでは首が長ければ長いほど美しいと思われ、数百年もの歴史を持つ「首長族」が存在している。

  緬甸人認為脖子愈長愈漂亮，所以現在緬甸還有具有幾百年歷史的「長頸族」存在。

MEMO

慣用句

①	首(くび)が飛(と)ぶ・クビにされる・クビになる	被開除
②	クビにする・首(くび)を切(き)る	開除
③	首(くび)が繋(つな)がる・首(くび)の皮(かわ)が一枚繋(いちまいつな)がった	免於革職、渡過難關
④	首(くび)が回(まわ)らない	欠錢欠很多、債台高築
⑤	首(くび)を突(つ)っ込(こ)む	插手、干涉、干預
⑥	首(くび)を長(なが)くする・首(くび)を長(なが)くして待(ま)っている	非常期待、引頸盼望
⑦	首(くび)を縦(たて)に振(ふ)る	同意、點頭
⑧	首(くび)を横(よこ)に振(ふ)る	不同意、反對
⑨	首(くび)を傾(かし)げる・首(くび)を捻(ひね)る	懷疑、質疑
⑩	首根(くびね)っこを押(お)さえる	抓住人的弱點使其無法動彈

包含「首」的慣用句

解釋 「首」是人最重要的部位之一，因為這個原因除了表達脖子的意思以外，還可以表示生命、工作等對於人類來說非常重要的事情。

① 首(くび)が飛(と)ぶ・クビにされる・クビになる

被開除

在職中(ざいしょくちゅう)もし刑事事件(けいじじけん)を起(お)こしてしまうと、間違(まちが)いなくクビだ。

任職期間如果犯了刑事案件的罪，無庸置疑定會被開除。

彼(かれ)はインサイダー取引(とりひき)をしたため、勤(つと)め先(さき)の銀行(ぎんこう)をクビになった。

因為他做了內線交易，所以被任職的銀行開除了。

② クビにする・首(くび)を切(き)る

開除

この会社(かいしゃ)は経営不振(けいえいふしん)のため、100人(ひゃくにん)の従業員(じゅうぎょういん)をクビにすることにした。

這間公司因為經營不善，所以決定要開除100名員工。

経営者(けいえいしゃ)の立場(たちば)として従業員(じゅうぎょういん)一人(ひとり)一人(ひとり)がそれぞれの生活(せいかつ)があり、家族(かぞく)がいる訳(わけ)で簡単(かんたん)に首(くび)を切(き)ることはできない。

我站在經營者的立場想到每名員工各自有他們的生活和家人要照顧，所以不能輕易說開除就開除。

③ 首が繋がる・首の皮が一枚繋がった

免於革職、渡過難關

彼は会社に大きな損失を出してしまったが、別の仕事で2千万の儲けを出したので**首の皮が一枚繋がった**ね。

雖然他讓公司賠了很多錢，不過因為別的案件替公司賺了2千萬，總算是**免於被革職**的命運了。

彼は横領の疑いで連行されたが、裁判では証拠不十分で不起訴となり政治家としての**首が繋がった**。

雖然他因挪用公款的嫌疑被抓，不過在法庭上因為證據不足而沒被起訴，使他**免於失去**政治人物的身分。

④ 首が回らない

欠錢欠很多、債台高築

彼は消費者金融から借金をして、ついに**首が回らなく**なり破産してしまった。

他向高利貸**借了很多錢還不出來**，結果破產了。

ベンチャー企業の投資はリスクが高いもので、資金繰りが上手くいかなくなると**首が回らなく**なり経営破綻してしまうこともあり得ます。

投資新創產業的風險很高，因此一旦資金周轉不靈而**債台高築**的話，有可能會陷入經營危機。

⑤ 首を突っ込む

插手、干涉、干預

今は自分の業務に集中して、他部署の仕事に首を突っ込むような真似はやめてね。

你現在要專注於自己的工作上，不要去插手別的部門的工作。

これは我が家の問題だから、他人は首を突っ込まないでほしい。

這是我們家的問題，希望旁人不要干預。

⑥ 首を長くする・首を長くして待っている

非常期待、引頸盼望

先生は教え子が将来様々な業界で活躍することを首を長くして待ってる。

老師引頸盼望自己的學生將來會在各行各業表現活躍。

⑦ 首を縦に振る

同意、點頭

彼は相手のお父様がこの結婚について首を縦に振るために、何度も何度も彼女の実家まで足を運んでいる。

他為了讓女朋友的爸爸同意這樁婚事，去她老家跑了很多次。

⑧ 首を横に振る

不同意、反對

彼女の父親は3回もこの結婚に対して首を横に振っている。

她爸爸對於這樁婚事已經反對了3次。

⑨ 首を傾げる・首を捻る

懷疑、質疑

我々は遠い国に住む人達が何故虫を食べるのかについて理解ができず、本当に大丈夫なのかと思い首を傾げます。

我們無法理解住在遙遠國度的人們為什麼要吃蟲，真讓人懷疑吃蟲不會有事嗎？

検察官はどうもドアから被告人の指紋が検出されただけで立件することについて首を捻り、決め手となる強力な証拠が必要だと言っている。

檢察官對於只有從門上驗出被告的指紋就定案持懷疑的態度，主張必須要有更有力的證據才行。

⑩ 首根っこを押さえる

抓住人的弱點使其無法動彈

この帳簿を世間に公開さえすれば、あの人が長年やってきた悪事を全てばらすことができ、これ以上悪さをしないように首根っこを押さえることができる。

只要把這本帳本公諸於世，就能將那個人長年在做的壞事全都揭露出來，**抓住他的弱點**讓他不再繼續做壞事。

もしやましい事をコソコソやっていて、ライバル候補者に首根っこを押さえられる状況に陥ったら選挙に当選する確率は格段に下がりますね。

如果在背地裡偷偷做了虧心事而被敵對的候選人**抓住弱點**的話，當選的機率就會顯著下跌。

MEMO

桜

① 櫻花
② 粉紅色
③ 馬肉

④ 被收買充當客人的臨時演員、假客人

① 櫻花

桜(さくら)は日本(にほん)の国花(こっか)です。

櫻花是日本的國花。

桜(さくら)の花(はな)が咲(さ)く頃(ころ)には、また新(あたら)しい1年(いちねん)の始(はじ)まりになりますね。

櫻花盛開時又是新的一年的開始。

② 粉紅色

春(はる)には桜色(さくらいろ)の洋服(ようふく)が季節(きせつ)をより感(かん)じることができます。

春天穿上粉紅色的衣服，更能讓人感受到季節性。

毎年(まいとし)日本(にほん)のスターバックスは桜(さくら)ラテや桜(さくら)フラペチーノなどを、期間限定(きかんげんてい)で桜(さくら)いっぱいの商品(しょうひん)を発売(はつばい)します。

每年日本的星巴克都會推出櫻花那堤或是櫻花星冰樂等充滿粉紅色的期間限定商品。

③ 馬肉

江戸時代に獣肉を食べることが禁じられていたことがあり、馬肉を「桜」と呼び、その由来はお肉の断面が桜のようにピンク色だったと伝われているそうです。

江戶時代時曾禁止百姓吃動物的肉，所以把馬肉叫作「櫻花」，據說其由來是因為馬肉的切面會呈現像櫻花般的粉紅色而被命名的。

④ 被收買充當客人的臨時演員、假客人

向かいにオープンした競合店は初日に桜をたくさん呼んであたかも店が繁盛しているように見せかけたんだよ。

對面新開的同業在開幕第一天，請了很多假客人來撐場面，讓店裡看起來好像生意很好的樣子。

今日はあのベテラン歌手のコンサートだが、チケットの売れ行きが厳しく会場がなかなか埋まらなくて桜を手配するしかないかな。

今天是那位老牌歌手的演唱會，但票賣得不好，會場都空蕩蕩的，是不是要安排一些假觀眾才好呢？

した　舌

舌頭

舌頭

犬は人間のように汗腺がある訳ではなく、汗で体温の調節をすることができないため、舌を出して温度調節をしている。

狗不像人一樣有汗腺可以藉由排汗來調節體溫，所以會用吐舌頭的方式調節溫度。

舌は物を飲み込む時や、発話する時の滑舌に深く関係しています。

舌頭對吞嚥食物和說話的咬字都有很深的影響。

MEMO

慣用句

①	舌(した)が長(なが)い	長舌、愛説話
②	舌(した)が回(まわ)る	説話很流利、口齒伶俐
③	舌(した)の剣(つるぎ)は命(いのち)を絶(た)つ	禍從口出，要謹言慎行
④	舌(した)の根(ね)の乾(かわ)かぬうちに	才剛説完沒多久（通常會用在批評對方的情況）
⑤	舌(した)を出(だ)す	嘲笑別人；吐舌頭
⑥	舌(した)を鳴(な)らす	輕蔑、不滿的態度；享用
⑦	舌打(したう)ちをする	彈舌表示不滿的態度
⑧	舌(した)を巻(ま)く	驚豔、讚嘆
⑨	舌(した)が肥(こ)える	吃遍美食變得很挑嘴
⑩	二枚舌(にまいじた)を使(つか)う	見人説人話見鬼説鬼話、心口不一

MEMO

包含「舌」的慣用句

解釋 「舌」和「口」一樣可以表示說話的意思，當然也有代表舌頭的意義。

① 舌が長い

長舌、愛說話

仲の良い友達と久しぶりに集まるとつい舌が長くなり、時間がいくらあっても足りない。

和要好的朋友久違地聚會會不自覺地變得長舌，聊到不論時間有多少都不夠用。

近所のあのおばさんは舌が長いことで有名で、一度話掛けられたら 30 分以上付き合わせる覚悟はした方が良い。

鄰居那位阿姨是出了名地長舌，一旦被她搭上話就要有至少被迫應付她 30 分鐘以上的覺悟。

② 舌が回る

說話很流利、口齒伶俐

弁護士はよく舌が回る人が多いような印象がある。

律師給人的印象是大多人都口齒伶俐。

記者やアナウンサー、そして大企業の社長などは話す場面に慣れているため舌が回る。

記者、播報人員、或是大企業的老闆們都很習慣在各種場合發言，所以說話都很流利。

③ 舌の剣は命を絶つ

禍從口出，要謹言慎行

今は様々なハラスメントにうるさいご時世なため、舌の剣は命を絶つと言うように自分の言動には十分気を付けた方が良いですよ。

置身在現今這種對於各種騷擾都非常計較的時代，話說禍從口出，你要十分注意自己的言行舉止才是喔。

彼は口が軽い癖がある他に事実を捻じ曲げた噂を流すことを日常的に繰り返していた中、ある日大きな代償を負うこととなりました。まさに舌の剣は命を絶つというのはこういうことですね。

他除了有大嘴巴的壞毛病以外，平時還會扭曲事實造謠，終於有一天付出了莫大的代價。這真是禍從口出的最佳範例。

④ 舌の根の乾かぬうちに

才剛說完沒多久（通常會用在批評對方的情況）

もうタバコは止めると言ったのに舌の根の乾かぬうちにまた再開したの？

你明明說要戒菸，才剛說完沒多久又開始抽了嗎？

同じミスはもう起こさないと言ったのに、舌の根の乾かぬうちにまたですか。

你明明說了不會再犯同樣的錯誤，但是**才剛說完沒多久**就又犯了嗎？

⑤ 舌を出す

嘲笑別人；吐舌頭

彼はいつも友達の前で自慢話ばかりしていて、友達たちは一応聞いているようだが、きっと内心舌を出しているに違いない。

他總是在朋友面前吹噓自己，雖然他的朋友們好像都有在聽他說，不過內心一定都在**嘲笑**他。

喉の調子を診たいので口を大きく開けて舌を出してください。

我想看看你喉嚨的狀況，請張大嘴巴**把舌頭吐出來**。

⑥ 舌を鳴らす

輕蔑、不滿的態度；享用

自分の提案が採用されなかったと言って、不服そうに舌を鳴らすのは大人げないよ。

因為自己的提案沒有被採用，就表現出很不服氣的**不滿的態度**，那樣很不成熟喔。

このレストランはさすがミシュランを獲得しているだけあって、世界中からごちそうに舌を鳴らす人が来店している。

不愧是獲得米其林肯定的餐廳，來自世界各地的饕客都光臨**享用**美食。

⑦ 舌打ちをする

彈舌表示不滿的態度

台湾で舌打ちをする場合「すごい、ひどい」など日本語の舌打ちをするとの意味よりも広い意味を持っています。

在台灣嘖嘖彈舌有表示「厲害、很慘」等意思，比日文中表示不滿態度的意思範圍更廣。

人前で舌打ちをすることは印象が悪いのでやらない方が良いですよ。

在人面前彈舌表示不滿的態度會給人留下不好的印象，最好不要那樣做。

⑧ 舌を巻く

驚豔、讚嘆

昨日の試合では見事なブザービートで逆転勝利できたね！舌を巻いたよ。

昨天的比賽最後來個完美的零秒出手逆轉勝！真令人讚嘆。

彼の見た目は金髪でチャラチャラしているように見えるけど、仕事も人間性も真面目でちゃんとしていることに舌を巻いた。

他頂著一頭金髮看起來好像很輕浮的樣子，但是不論是做事還是為人都很認真、正直，**真是令人驚訝**。

⑨ 舌が肥える

吃遍美食變得很挑嘴

彼は有名な料理人の父を持ち、幼い頃から美味しい物を食べつくし舌が肥えている。

他有個名廚父親，所以讓他從小就享盡美味佳餚**變得很挑嘴**。

自分で働くようになってからは、自分へのご褒美と言っていつも高級料理ばかり食べに行っていたら舌が肥えてしまった。

我開始工作後，為了犒賞自己總是去吃高級料理，結果害我**變得很挑嘴**了。

⑩ 二枚舌を使う

見人説人話見鬼説鬼話、心口不一

営業の仕事はよく二枚舌を使う職業だという印象がありますが、商品の良さを上手くお客様へ伝えることのできるスペシャリストとも言えます。

業務的工作給人的印象通常是**見人説人話見鬼説鬼話**，但也可以說他們是能將商品的優點傳達給客戶的專家。

しゅじん　主人

① 丈夫、先生、一家之主
② 店長
③ 主辦者
④ 主人公(しゅじんこう)
主人公、主角

① 丈夫、先生、一家之主

主人(しゅじん)はあと1年(いちねん)で定年退職(ていねんたいしょく)します。

我先生再1年就要退休了。

私(わたし)はこの家(いえ)の主人(しゅじん)です。

我是這個家的一家之主。

② 店長

あのラーメン屋(や)の主人(しゅじん)は顔(かお)が怖(こわ)いがラーメンは本当(ほんとう)に美味(おい)しい。

那家拉麵店的老闆樣子看起來很兇，可是拉麵真的很好吃。

阿蘇山(あそさん)の山中(さんちゅう)にあるお土産屋(みやげや)さんの主人(しゅじん)に杏子酒(あんずしゅ)と馬刺(ばさ)しをご馳走(ちそう)になった。

在阿蘇火山中的禮品店**老闆**請我品嚐了杏子酒和生馬肉片。

③ 主辦者

毎年行(まいとしおこな)われる同窓会(どうそうかい)は順番(じゅんばん)で主人(しゅじん)となり開催(かいさい)されています。

每年都會舉辦的同學會是由大家輪流當**主辦人**在舉辦。

④ 主人公(しゅじんこう)｜主人公、主角 專有名詞

このドラマの主人公(しゅじんこう)はきれいでスタイルも良(い)いし、テーマソングまで歌(うた)っています。

這部連續劇的**主角**不僅長得漂亮身材又好，甚至連主題曲也是她唱的。

私(わたし)はある映画(えいが)の主人公(しゅじんこう)の影響(えいきょう)を受(う)け、画家(がか)になることを目指(めざ)すようになりました。

我因為受到某部電影**主角**的影響，後來就以當畫家為目標了。

すじ 筋

① 細長的一條路或線
② 條理、道理
③ 有關係的地方、來源
④ 青筋
⑤ 筋骨
⑥ 硬的纖維
⑦ 筋(すじ)が良(い)い 片語
有才華、有天分

① 細長的一條路或線

この道筋(みちすじ)に沿(そ)って歩(ある)けば駅(えき)が見(み)えてきます。

順著這條路走下去就會看到車站。

② 條理、道理

順番(じゅんばん)を守(まも)るのが筋(すじ)でしょ。割(わ)り込(こ)むするなんていけません。

要遵守順序才合道理啊，不能插隊。

約束(やくそく)を守(まも)らない人(ひと)を優遇(ゆうぐう)するなんて筋(すじ)が通(とお)らない。

居然禮遇不遵守約定的人，真沒道理。

③ 有關係的地方、來源

- ジャーナリストの基本として情報筋を公開しないで当事者のプライバシーを守り、確かな証拠だけで記事を作成します。

做記者的基本之道是不公開消息來源以保護當事者的隱私，且要基於確切的證據來撰寫報導。

- 詐欺グループのアジトはとある筋から入手した情報によって全面逮捕することができた。

詐騙集團的據點是透過某個消息來源偵破的，並且全數逮捕到案了。

④ 青筋

- 重い物を運ぶと筋が浮き出てきます。

搬重物時會爆青筋。

- 私は肌が白いので、筋が良く見えます。

因為我皮膚很白，所以很容易看到青筋。

⑤ 筋骨

やっとインフルエンザが治(なお)ったので、外(そと)に出(で)かけて筋(すじ)を伸(の)ばしてきます。

我流感終於痊癒了，所以要出去外面活動活動**筋骨**。

⑥ 硬的纖維

さや豌豆(えんどう)とセロリは筋(すじ)を取(と)ってから料理(りょうり)した方(ほう)が美味(おい)しいですよ。

四季豆和芹菜最好是把**粗筋**去掉後再料理會比較好吃。

サトウキビの食(た)べ方(かた)は甘(あま)い汁(しる)を吸(す)い取(と)り、筋(すじ)の部分(ぶぶん)は飲(の)み込(こ)めないので吐(は)き出(だ)してください。

甘蔗的吃法是要吸取其甜甜的汁液，而**硬的纖維**部分因為不能吞進去所以請吐出來。

⑦ 筋(すじ)が良(い)い｜有才華、有天分 片語

彼(かれ)はコーチに筋(すじ)が良(い)いと褒(ほ)められて、今(いま)まで以上(いじょう)に自主(じしゅ)トレを積極的(せっきょくてき)にやるようになった。

他被教練稱讚説很**有天分**，所以比以往變得更積極做自我訓練了。

初(はじ)めてお花(はな)を生(い)けたようには思(おも)えないほど筋(すじ)が良(い)いですね。

看不出來你是第一次插花，很**有天分**喔。

せんせい 先生

① 老師
② 醫生
③ 律師
④ 議員、政治家

※ 泛指扮演指導角色的人或是擁有較高社會地位的人

① 老師

私（わたし）は将来（しょうらい）ピアノの先生（せんせい）になりたいです。

我將來想要當鋼琴**老師**。

いーけないんだ、いけないんだ。先生（せんせい）に言（い）っちゃおう。

不行喔不行啦，我要跟**老師**告狀。

② 醫生

心臓内科（しんぞうないか）の先生（せんせい）にコーヒーとお酒（さけ）を控（ひか）えるように言（い）われました。

心臟內科的**醫生**要我節制咖啡和飲酒。

今日（きょう）から自宅療養（じたくりょうよう）してくださいと先生（せんせい）に言（い）われました。

醫生叫我從今天起在家休養。

③ 律師

結婚詐欺（けっこんさぎ）にあってしまったのなら、一度（いちど）弁護士（べんごし）先生（せんせい）に相談（そうだん）してみてはどうでしょう。

如果你遇到結婚詐欺的話，要不要找**律師**談談看呢。

④ 議員、政治家

田中先生（たなかせんせい）は地元（じもと）の経済発展（けいざいはってん）にとても尽力（じんりょく）している素晴（すば）らしい議員（ぎいん）です。

田中**議員**是一位非常致力於家鄉經濟發展的非常優秀的議員。

将来（しょうらい）中村先生（なかむらせんせい）の選挙地盤（せんきょじばん）は息子（むすこ）さんにお譲（ゆず）りする予定（よてい）ですよね。

將來中村**議員**的選舉地盤，預定會轉讓給貴公子是吧。

MEMO

たぶれっと タブレット

① 藥錠 ② 平板電腦

① 藥錠

今は禁煙治療にタブレット状の薬かニコチン湿布を使用することが多い。

現在的戒菸治療常使用藥錠或尼古丁貼片。

今はお口をすっきりさせるミントタブレットが多く販売されています。

現在有賣很多讓口氣清新的薄荷錠。

② 平板電腦

熊本県では先行してタブレット端末を使った遠隔授業の実施を始めた。

熊本縣搶先實行用平板電腦進行遠距教學。

羽田空港では大型タブレットのフロア案内が設置されています。

在羽田機場裡裝設有大型平板的樓層簡介。

て　手

① 手
② 人、者
③ 方法
④ 方向

① 手

ウイルスの感染防止のために、小まめに手洗いをすることが大事です。

為了防疫，勤洗手非常重要。

冬は手が乾燥しやすいので、寝る前にハンドクリームを塗りましょう。

冬天手部容易乾燥，睡前來擦個護手霜吧。

② 人、者

商品開発は常に使い手の立場に立って改良を積み重ね、より良いものを生み出していく。

商品開發總是要站在使用者的立場不斷進行改良，研發出更好的產品。

講義内容について聞き手の意見を聞いてみよう。

來問問看聽者對於課程內容的意見。

③ 方法

自分で解決できない問題は人に助けを求める手があったね。

自己無法解決的問題，也可以求助別人（用這個方法）啊。

犯人は巧妙な手口でお年寄りからお金を騙した。

犯人利用巧妙的手法向老年人騙取錢財。

④ 方向

駅はここを真っすぐ行って、右手にあります。

直走後車站就在右手邊。

富士山が左手に見えてきます。

左手邊會看到富士山。

MEMO

慣用句

①	手(て)にする	拿
②	手(て)に負(お)える	能力尚可應付的、勝任
③	手(て)に入(い)れる	到手、買到
④	手(て)を抜(ぬ)く	偷懶、隨便、偷工減料
⑤	手(て)に渡(わた)る	轉手、變成別人的
⑥	手(て)を上(あ)げる	打人
⑦	手(て)を下(くだ)す	執行、下手、動手
⑧	手(て)の施(ほどこ)しようがない	束手無策
⑨	手(て)を差(さ)し伸(の)べる	幫忙、救援
⑩	手(て)を出(だ)す	開始拓展事業；拿、偷；對女性下手、招惹
⑪	手(て)を離(はな)れる	獨立
⑫	手(て)を引(ひ)く	放棄、收手、抽身；牽手
⑬	手(て)を回(まわ)す	處理、間接地去實行、暗中打點
⑭	手(て)を汚(よご)す	犯罪、做不乾淨的事情
⑮	手(て)を貸(か)す	幫忙
⑯	手(て)を組(く)む	合作、聯手
⑰	痒(かゆ)い所(ところ)に手(て)が届(とど)く	為人處事非常周到、無微不至

⑱	手塩に掛ける	細心照料、一手拉拔長大
⑲	手のひらを返す	態度 180 度大轉變
⑳	猫の手も借りたい	非常忙碌的樣子、 忙到昏天暗地
㉑	手取り足取り	細心調教、一步一步教導
㉒	手癖が悪い	手腳不乾淨（偷竊）； 好對女性動手動腳

MEMO

包含「手」的慣用句

解釋「手」的意義非常多元，除了用手拿或是得到手等基本的意思以外還可以表示用手進行某些動作（打、下手、偷、牽）等。

① 手にする

拿

お好きな本を手にして読んでいてみてください。

請拿自己喜歡的書閱讀看看。

夜市では食べ物を手にしながら歩くことは普通です。

在夜市一手拿著食物，邊走邊吃是很平常的事。

② 手に負える

能力尚可應付的、勝任

この仕事は難しすぎてもう私の手に負える仕事ではありません。

這個工作太難了，我無法勝任。

三つ子(みご)の世話(せわ)を母親(ははおや)一人(ひとり)でするのは到底(とうてい)手(て)に負(お)えないでしょう。

一個媽媽要照顧三胞胎，想必能力上無法負荷吧。

③ 手(て)に入(い)れる

到手、買到

彼(かれ)は 10 年間(じゅうねんかん)貯金(ちょきん)をしてついにこの家(いえ)を手(て)に入(い)れた。

他存錢存了 10 年，終於買到這棟房子了。

彼(かれ)は宝(たから)くじに当(あ)たって、3 億円(さんおくえん)もの大金(おおがね)を手(て)に入(い)れた。

他中了彩券得到了 3 億元的巨款。

せっかく手(て)に入(い)れたチャンスなんだから、そう簡単(かんたん)に諦(あきら)めないで。

好不容易才到手的機會，不要輕易放棄。

④ 手(て)を抜(ぬ)く

偷懶、隨便、偷工減料

今日(きょう)は時間(じかん)がないので手抜(てぬ)き料理(りょうり)でいいや。

因為今天沒空，就隨便弄個吃的就可以了。

手抜(てぬ)き工事(こうじ)は安全上(あんぜんじょう)の懸念(けねん)がある上(うえ)、消費者(しょうひしゃ)を騙(だま)したことになる。

偷工減料的工程不僅有安全上的疑慮，更是欺騙了消費者。

⑤ 手に渡る

轉手、變成別人的

どんなに貧しくなっても我が家が他人の手に渡ることは断固して阻止する。

不論變得多窮，我也絕對要阻止把我們的房子轉賣給別人。

この資料は機密情報がたくさん載っているので、部外者の手に渡らないよう取り扱いには十分注意してください。

這份資料裡載有許多機密，所以使用時千萬要小心，不要落到不相干的人手裡。

⑥ 手を上げる

打人

揉め事があったとしても、手を上げたら負けです。

即使有爭執也不能打人，不然就理虧了。

⑦ 手を下す

執行、下手、動手

犯罪者は裁判官が法律を通して裁いてくれるから、自ら手を下す必要はない。

犯人會由法官依照法律懲處，不需要自己動手。

計画は一日でも早く手を下した方が良いんじゃないかな。

計畫愈早**執行**愈好，不是嗎？

⑧ 手の施しようがない

束手無策

- 検査の結果は末期の肺癌で、もう手の施しようがない。

  檢查結果得知是肺癌末期，已經**束手無策**了。

- 借金が日に日に膨れ上がっていく中、本当は嫌だけど自宅を売却して返済する他、手の施しようがない。

  負債一天多過一天，雖然我很不願意，但除了把住家變賣還錢外，已經**束手無策**了。

⑨ 手を差し伸べる

幫忙、救援

- 困っている人に手を差し伸べるのは人間として当然のことです。

  向有困難的人**伸出援手**是為人理所當然該做的事。

- 多くの企業家は貧困の人々に手を差し伸べ、社会貢献をしている。

  很多企業家都會**救助**窮人來貢獻社會。

⑩ 手(て)を出(だ)す

開始拓展事業；拿、偷；對女性下手、招惹

ある家具屋(かぐや)さんはアパレルにも手(て)を出(だ)し始(はじ)めた。

某家具店也**開始拓展**服飾產業了。

国宝(こくほう)に手(て)を出(だ)した結果(けっか)は重(おも)い刑(けい)が待(ま)っているに違(ちが)いない。

偷國寶的結果肯定會被判很重的刑責。

初対面(しょたいめん)の女性(じょせい)に手(て)を出(だ)すのはダメだよ。

不可以**招惹**初次見面的女性喔！

⑪ 手(て)を離(はな)れる

獨立

彼(かれ)は大学(だいがく)を卒業(そつぎょう)して就職(しゅうしょく)したから、親(おや)の手(て)を離(はな)れて新(あたら)しい人生(じんせい)が始(はじ)まろうとしている。

因為他大學畢業找到了工作，所以想從父母身邊**獨立**，準備展開新的人生。

小鳥(ことり)は自分(じぶん)で餌(えさ)を捕(と)れるようになると親鳥(おやどり)の手(て)を離(はな)れていく。

小鳥一旦能夠自己捕捉食物，就會離開母鳥**獨立**。

⑫ 手（て）を引（ひ）く

放棄、收手、抽身；牽手

これ以上（いじょう）赤字（あかじ）が続（つづ）くと会社（かいしゃ）の存続（そんぞく）が危（あや）うくなるので、今（いま）のうちに買収案（ばいしゅうあん）に応（おう）じて経営（けいえい）から手（て）を引（ひ）いた方（ほう）が良（い）いですよ。

如果公司再繼續賠錢的話可能要不保了，趁現在接受併購案放棄經營權比較好吧。

容疑者（ようぎしゃ）が身内（みうち）である以上（いじょう）、この事件（じけん）からは手（て）を引（ひ）いてもらう。

既然嫌犯是你自己的親人，就要請你抽身停止偵辦。

エスカレーターにお乗（の）りの際（さい）は、お子様（こさま）の手（て）をしっかり引（ひ）いてください。

搭乘電扶梯時請牢牢牽住孩子的手。

⑬ 手（て）を回（まわ）す

處理、間接地去實行、暗中打點

粗大（そだい）ごみを処理（しょり）するにはリサイクル業者（ぎょうしゃ）に連絡（れんらく）をし、費用（ひよう）の支払（しはら）いが必要（ひつよう）で外国人（がいこくじん）にとってなかなか難（むずか）しい手続（てつづ）きになるが、日本人（にほんじん）の友達（ともだち）が上手（うま）く手（て）を回（まわ）してくれて助（たす）かった。

處理大型垃圾必須要先聯繫回收業者再支付處理費，對外國人來說這些程序挺複雜的，不過好在有日本朋友幫我處理，幫了我大忙。

このプロジェクトが上手く行くよう上司が手を回してくれた。

為了讓這項專案順利進行，上司幫我暗中打點好了。

⑭ 手を汚す

犯罪、做不乾淨的事情

詐欺グループは受け子や出し子など、自分の手を汚さずに金銭を受け取るようになっている。

犯罪集團裡有取款車手和提款者等，不會弄髒自己的手就能取得贓款。

一度手を汚してしまったら、また立ち上がることは難しい。

一旦犯了罪就很難翻身。

⑮ 手を貸す

幫忙

荷物が多く大変そうだったので手を貸しました。

他看起來行李很多很辛苦的樣子，所以我就幫他忙了。

君はまだ入社して2週間目だからまだ色々慣れてないでしょう。手を貸してあげても良いよ。

你進公司才第2個禮拜而已還不太習慣吧，我可以幫你忙喔。

⑯ 手(て)を組(く)む

合作、聯手

この時代(じだい)では異(こと)なる業種(ぎょうしゅ)が手(て)を組(く)むことで新(あら)たなビジネスチャンスが生(う)まれる。

在這個時代能夠藉由跨產業**合作**產生新的商機。

犯人逮捕(はんにんたいほ)が大事(だいじ)だからと言(い)って、ヤクザと手(て)を組(く)むのはやっぱ良(よ)くないよ。

逮捕犯人固然重要，但和黑道**聯手**還是不太妙。

⑰ 痒(かゆ)い所(ところ)に手(て)が届(とど)く

為人處事非常周到、無微不至

この担当者(たんとうしゃ)はいつもこちらの要望(ようぼう)を理解(りかい)していて、痒(かゆ)い所(ところ)に手(て)が届(とど)く素晴(すば)らしいサービスを提供(ていきょう)してくれる。

這個負責人總是能掌握我們的需求，提供我們**非常周到且無微不至**的服務。

今回(こんかい)のコンペでは信頼(しんらい)できる委託先(いたくさき)を選定(せんてい)する他(ほか)、弊社(へいしゃ)の要望(ようぼう)に対(たい)して痒(かゆ)い所(ところ)に手(て)が届(とど)くような気配(きくば)りを必要(ひつよう)としています。

這次的競賽除了要選定能夠信任的委託公司外，對敝公司的要求也必須提供**周到**的服務才行。

⑱ 手塩に掛ける

細心照料、一手拉拔長大

手塩に掛けた娘をそう簡単に嫁に行かせはしない。

我可不會讓我一手拉拔長大的女兒就那樣輕易出嫁。

3 年間手塩を掛けて育てたこんにゃく芋を直接食べることはできず、もうひと手間、二手間掛けてからやっとこんにゃくになる。

花了 3 年細心照料的蒟蒻芋無法直接食用，必須要再花幾道工夫之後才能變成蒟蒻。

⑲ 手のひらを返す

態度 180 度大轉變

約束してくれたのに今さら手のひらを返すような真似は許さないよ。

我可不容許你明明已經跟我約定好了，事到如今卻突然態度 180 度大轉變喔。

罪を犯した人に対して、古くからの知り合いでも手のひらを返すような態度を取ることが多い。

很多人對於犯了罪的人，即使是舊識態度也會有 180 度的大轉變。

⑳ 猫の手も借りたい

非常忙碌的樣子、忙到昏天暗地

新聞や週刊誌など出版物の締切日は**猫の手も借りたい**ほどバタバタしている。

報紙及週刊等出版物，在截稿日時會**忙到昏天暗地**的。

年に一度の棚卸し業務は**猫の手も借りたい**ほどやらなければいけないことが多い。

一年一度的盤點作業要做的事情很多，會讓人**忙到昏天暗地**。

㉑ 手取り足取り

細心調教、一步一步教導

新人教育は**手取り足取り**丁寧に教えてあげないとすぐ辞めてしまうから気を付けて。

訓練新人一定要**細心地好好調教**，不然新人馬上就說不做了，要注意才是。

新しい環境でまだまだ慣れないことが多いと思うけど、僕が**手取り足取り**教えてあげるから心配しないで。

在新環境我想你會有很多還不太習慣的事，不過你不用擔心，我會**一步一步教導**你的。

㉒ 手癖が悪い

手腳不乾淨（偷竊）；好對女性動手動腳

彼女は手癖が悪く、経理という職務の便宜上会社のお金を自分の懐に入れていた。

她的手腳不乾淨，利用會計職務上的方便將公款中飽私囊。

彼は日頃から手癖が悪く、若い女性社員が入社するとちょっかいを出す癖がある。

他平時就有好對女性動手動腳的壞毛病，一有年輕女職員進入公司，就會招惹人家。

MEMO

どく 毒

① 毒
② お気(き)の毒(どく) 片語
很可憐

③ 毒(どく)を吐(は)く 片語
説話酸人、酸言酸語

① 毒

- タバコは慢性的(まんせいてき)な中毒(ちゅうどく)なので、吸(す)わない方(ほう)が良(い)いですよ。
因為抽菸屬於慢性中毒，所以最好不要抽。

- 薬(くすり)は症状(しょうじょう)を改善(かいぜん)する効果(こうか)があるが、飲(の)みすぎると毒(どく)にもなるので服用方法(ふくようほうほう)はしっかり守(まも)りましょう。
藥物有改善症狀的效果，但服用過量會變成毒藥，所以要好好遵守服藥方法。

② お気(き)の毒(どく)｜很可憐 片語

- 彼女(かのじょ)は生(う)まれつきの心臓病(しんぞうびょう)で、やっとドナーが見(み)つかり移植手術(いしょくしゅじゅつ)が終(お)わり退院(たいいん)した日(ひ)に交通事故(こうつうじこ)に遭(あ)って亡(な)くなってしまいました。本当(ほんとう)にお気(き)の毒(どく)です。
她天生患有心臟病，好不容易找到捐贈者完成移植手術，沒想到出院當天發生車禍過世了，真的很可憐。

③ 毒(どく)を吐(は)く｜説話酸人、酸言酸語 片語

現代(げんだい)の人々(ひとびと)は多(おお)かれ少(すく)なかれ SNS を使(つか)って<u>毒(どく)を吐(は)いて</u>いるでしょう。

現代人多多少少都會利用社群網站酸一酸別人吧。

MEMO

とけい　時計

① 時鐘
② 腕時計（うでどけい）專有名詞
手錶
③ 体内時計（たいないどけい）專有名詞
生理時鐘
④ 腹時計（はらどけい）專有名詞
肚子餓的時候、飢餓時鐘

① 時鐘

中華圏（ちゅうかけん）では贈（おく）り物（もの）に時計（とけい）を送（おく）るのは縁起（えんぎ）が悪（わる）いのでタブーとされている。

在華人圈送禮時，送**時鐘**被認為不吉利，所以被視為禁忌。

「大（おお）きな古時計（ふるどけい）」という歌（うた）がある。

有一首歌叫做「古老的**大鐘**」。

② 腕時計（うでどけい）｜手錶 專有名詞

結婚（けっこん）の約束（やくそく）として指輪（ゆびわ）の代（か）わりに腕時計（うでどけい）をプレゼントすることは最近（さいきん）よく見（み）られる。

最近還滿常看到贈送**手錶**代替戒指來當求婚的誓約。

最近(さいきん)は歩数計(ほすうけい)、心拍数(しんぱくすう)、睡眠記録(すいみんきろく)など様々(さまざま)な機能(きのう)が付(つ)いている時計(とけい)があります。

最近有些手錶搭載有計步器、心跳數、睡眠紀錄等各種功能。

③ 体内時計(たいないどけい) | 生理時鐘 專有名詞

人間(にんげん)は昼間(ひるま)に働(はたら)き、夜(よる)に休(やす)むよう体内時計(たいないどけい)がなっているため、夜勤(やきん)の仕事(しごと)をしている人(ひと)は健康面(けんこうめん)に問題(もんだい)が出(で)る人(ひと)は少(すく)なくない。

由於人類的生理時鐘都是白天工作晚上休息，所以有不少在上夜班的人健康方面會亮紅燈。

④ 腹時計(はらどけい) | 肚子餓的時候、飢餓時鐘 專有名詞

私(わたし)の腹時計(はらどけい)は午後(ごご)3時(さんじ)になっていて、甘(あま)いものが食(た)べたくなりました。

我的饑餓時鐘一到下午3點，就會想吃點甜食。

なま 生

① 生的東西
② 真實
③ 不完全
④ 生放送（なまほうそう） 專有名詞
現場直播
⑤ 生意気（なまいき） 專有名詞
沒大沒小的（態度）、自以為是、臭屁

① 生的東西

私（わたし）はサラダみたいな生野菜（なまやさい）はあまり好（す）きではありません。

我不太喜歡吃像沙拉這種生菜。

豚肉（ぶたにく）はしっかり焼（や）いてから食（た）べた方（ほう）が良（い）いですよ。でないと、生肉（なまにく）には寄生虫（きせいちゅう）があるかも知（し）れません。

豬肉最好要烤熟再吃比較好，不然生肉裡可能會有寄生蟲。

② 真實

消費者（しょうひしゃ）の生（なま）の意見（いけん）が今後（こんご）の商品改良（しょうひんかいりょう）へ繋（つな）がる。

消費者真實的意見事關往後商品的改良。

是非現場の生のリアクションを見たいので、事前告知は一切しないでください。

因為我想看看現場真實的反應，所以事前請不要做任何預告。

③ 不完全

梅雨の時期は服が生乾きの状態で困る。

梅雨季節衣服都不會完全乾，真令人困擾。

④ 生放送｜現場直播 專有名詞

紅白歌合戦は必ず毎年生放送で行っています。

紅白歌唱比賽每年一定都是現場直播進行的。

⑤ 生意気（なまいき）｜沒大沒小的（態度）、自以為是、臭屁 專有名詞

いい加減（かげん）その**生意気（なまいき）**な態度（たいど）を改（あらた）めないと誰（だれ）も助（たす）けてくれないよ。

你如果不改改你那**沒大沒小**的態度，就沒有人願意幫你了喔。

あの子（こ）は**生意気（なまいき）**だけどなんか憎（にく）めないんだよね。

那孩子雖然很**臭屁**，不過就是不會令人討厭呢。

MEMO

はな　花

① 花
② 美女
③ 全盛時期
④ お花(はな)
插花、花道
⑤ 花見(はなみ)
賞櫻

① 花

春(はる)になると色(いろ)とりどりの花(はな)が咲(さ)きます。

一到春天就會有色彩繽紛的花朵盛開。

「咲(さ)いた、咲(さ)いた、チューリップの花(はな)が。並(なら)んだ、並(なら)んだ、赤(あか)・白(しろ)・黄色(きいろ)♪」

「鬱金香的花朵開了開了。紅色・白色・黃色排排站、排排站♪」

② 美女

彼女(かのじょ)は小(ちい)さい頃(ころ)からとても可愛(かわ)いく、クラスの花(はな)と言(い)われていました。

她從小就很可愛，被稱為班花。

③ 全盛時期

彼(かれ)にとって 30 代(さんじゅうだい)からこそが人生(じんせい)の花(はな)で、仕事(しごと)も恋愛(れんあい)も絶好調(ぜっこうちょう)です。

對他而言 30 歲開始才是人生的全盛時期，工作和戀愛都很順利。

④ お花(はな)｜插花、花道 專有名詞

日本(にほん)の伝統文化(でんとうぶんか)を習(なら)うのであればお茶(ちゃ)かお花(はな)がお薦(すす)めです。

如果想學習日本傳統文化的話，我推薦茶道或是花道。

⑤ 花見｜賞櫻 片語

毎年３月中旬から４月の下旬まで、日本各地に花見をする人がいます。日本人にとって、桜の花が咲くと、一年の始まりがやって来たと思う人が多いです。

每年３月中旬到４月下旬，日本各地都有賞櫻人潮。對很多日本人來説，一看到櫻花盛開就會聯想到新的一年已經來臨了。

台湾でも花見をすることができますが、日本みたいに淡いピンクの吉野桜とは品種が違います。

在台灣也可以賞櫻，不過和日本的淡粉色吉野櫻的品種不一樣。

MEMO

はな

鼻子

鼻子

象の鼻は長いです。（ぞう、はな、なが）

大象的鼻子很長。

人相では鼻が大きいとお金持ちになりやすいと言われている。（にんそう、はな、おお、かねも、い）

依照面相來說，鼻子大的人據說容易變有錢人。

MEMO

慣用句

①	鼻(はな)に付(つ)く	很討厭；刺鼻
②	鼻(はな)が高(たか)い	很得意、引以為傲
③	鼻(はな)っ柱(ぱしら)をへし折(お)る	打擊對方的信心、挫挫銳氣
④	鼻(はな)で笑(わら)う・鼻先(はなさき)で笑(わら)う	嘲笑
⑤	鼻血(はなぢ)も出(で)ない	一貧如洗不剩半毛錢
⑥	鼻(はな)の下(した)を伸(の)ばす	看到喜歡的女性露出色瞇瞇的表情
⑦	目鼻立(めはなだ)ちがしっかりしている	五官輪廓深邃、立體

MEMO

包含「鼻」的慣用句

解釋 運用於慣用語中的「鼻」除了表示鼻子以外還有自信、信心的意思。

① 鼻に付く

很討厭；刺鼻

彼の傲慢な態度はどうも<u>鼻に付く</u>。

他那傲慢的態度很令人討厭。

この部屋はペンキを塗ったばかりなため、匂いが<u>鼻に付く</u>。

這房間因為才剛塗好油漆，所以味道有點刺鼻。

② 鼻が高い

很得意、引以為傲

君は国費留学の奨学金に合格したから、ご両親はきっと<u>鼻が高い</u>でしょうね。

考上了公費留學獎學金，你父母親一定都很引以為傲吧。

３人もの子供を立派に育て上げ、真面目な職に就くことができたのはきっと<u>鼻が高い</u>でしょう。

把３個孩子拉拔長大，現在又都有好工作，你應該很引以為傲吧。

③ 鼻っ柱をへし折る

打擊對方的信心、挫挫銳氣

物事は最初が肝心だから、まずはハッタリでも良いから敵の鼻っ柱をへし折ってやろう。

凡事都是一開始最重要，首先不管是虛張聲勢也好，要先打擊敵人的信心。

あの子はいつも無駄に自信があるけど口だけだから、今日は彼の鼻っ柱をへし折ってやる。

那孩子總是空有自信卻光說不練，今天要好好挫挫他的銳氣。

④ 鼻で笑う・鼻先で笑う

嘲笑

人を鼻で笑うのは失礼だからやめて。

嘲笑別人很沒禮貌，你可別那樣做。

海外では英語が下手だと鼻先で笑われることもなくはない。

在國外如果英文講得不好可能會被嘲笑。

⑤ 鼻血も出ない

一貧如洗不剩半毛錢

リストラされて貯金も残りわずかな中、もう**鼻血も出ない**ほど貧乏になっちゃったよ。

因為被裁員且存款又所剩無幾，我已經變得**一貧如洗**了。

持っているお金はもう全部出したので、もう**鼻血も出ません**。

我身上的錢全都拿出來，已經**不剩半毛錢**了。

⑥ 鼻の下を伸ばす

看到喜歡的女性露出色瞇瞇的表情

あのおじさんはいつも**鼻の下を伸ばし**ながら雑誌を立ち読みしてて気持ち悪い。

那個大叔總是**露出色瞇瞇的表情**白看雜誌，實在很噁心。

若い子が入ったからと言って**鼻の下を伸ばして**ジロジロ見ないでちょうだい。

就算有年輕女孩子進來，你也不要**露出色瞇瞇的表情**一直看。

⑦ 目鼻立ちがしっかりしている

五官輪廓深邃、立體

ヨーロッパの人はアジア圏の人よりも目鼻立ちがしっかりしている。

歐洲人的五官輪廓比亞洲人的還要深邃。

彼女は目鼻立ちをよりしっかりしたいため、韓国へ美容整形しにいきました。

她為了想要讓五官變得更立體，所以跑去韓國整形了。

はら　腹

① 肚子、腹部
② 腸胃
③ 內心、心房
④ 情感、感受

① 肚子、腹部

冬(ふゆ)は腹(はら)を冷(ひ)やすと風邪(かぜ)を引(ひ)くので、腹巻(はらまき)をして寝(ね)る人(ひと)がいます。

冬天如果**肚子**著涼就會感冒，所以有人會圍著束腹睡覺。

人間(にんげん)は中年(ちゅうねん)になってくると新陳代謝(しんちんたいしゃ)が落(お)ちてきて、腹(はら)が出(で)てきてしまうことがあるので要注意(ようちゅうい)です。

人到了中年後新陳代謝就會變差，要小心**小腹**可能就會跑出來了。

② 腸胃

彼(かれ)は緊張(きんちょう)をするといつも腹(はら)にきてしまいます。

他只要一緊張**腸胃**就會不舒服。

③ 內心、心房

相手(あいて)に信頼(しんらい)してもらいたいのであれば、腹(はら)の内(うち)を打(う)ち明(あ)けて誠実(せいじつ)に接(せっ)することが重要(じゅうよう)です。

若想要得到對方的信任，最重要的是要敞開**心房**，誠摯地對待對方。

④ 情感、感受

事実確認(じじつかくにん)もせず客(きゃく)を泥棒扱(どろぼうあつか)いにして、ただの「ごめんなさい」の一言(ひとこと)で水(みず)に流(なが)せというのはどうも腹(はら)が収(おさ)まりません。

沒有確認事實就誤把客人當作小偷，而後卻只用一句「對不起」就想要叫我既往不咎，我可嚥不下這口氣。

MEMO

慣用句

①	腹(はら)が立(た)つ・腹(はら)を立(た)てる	生氣
②	腹八分目(はらはちぶんめ)	吃八分飽
③	腹(はら)が黒(くろ)い・腹黒(はらぐろ)	心腸很壞、黑心肝
④	私腹(しふく)を肥(こ)やす	自肥、公器私用、中飽私囊
⑤	腹(はら)が大(おお)きい	很有度量、度量大
⑥	太(ふと)っ腹(ぱら)	很大方
⑦	腹(はら)に落(お)ちる	認同（＝腑(ふ)に落(お)ちる）
⑧	腹(はら)も身(み)の内(うち)	不要暴飲暴食
⑨	腹(はら)を切(き)る	負責任；切腹
⑩	腹(はら)を割(わ)る	坦誠相見、推心置腹

MEMO

包含「腹」的慣用句

解釋「腹」有肚子和度量、或是心腸的意義。

① 腹が立つ・腹を立てる

はら た はら た

生氣

何度も同じことを注意してもまた同じ過ちを犯すことに腹を立てます。

不論叮嚀多少次還是犯同樣的錯誤，真是令人生氣。

夜中に大声でおしゃべりをしている人に腹が立つ。

我很氣那些半夜還大聲講話的人。

② 腹八分目

はらはちぶんめ

吃八分飽

健康の秘訣は腹八分目とよく聞きます。

我們常聽説健康的秘訣是吃八分飽就好。

③ 腹が黒い・腹黒

はら くろ はらぐろ

心腸很壞、黑心肝

人間には見た目では分からないほど腹が黒い人もいます。

有些人無法從外表看出來他心腸很壞。

④ 私腹を肥やす

自肥、公器私用、中飽私囊

政治家の身として政治献金で私腹を肥やすような行為は違法です。

身為政治人物，將政治獻金**中飽私囊**的行為是違法的。

⑤ 腹が大きい

很有度量、度量大

上に立つ者は細かい事を気にせずに、腹の大きい人間になることが求められます。

在上位者必須要不拘小節，做個**有度量**的人才行。

⑥ 太っ腹

很大方

A:「今日は僕のおごりだから、皆さん遠慮せずどんどん食べてください。」

B:「ありがとうございます。課長太っ腹！」

A：「今天我請客，大家別客氣儘量吃喔！」

B：「謝謝。課長**好大方**！」

⑦ 腹(はら)に落(お)ちる

認同（＝腑(ふ)に落(お)ちる）

今(いま)の状況(じょうきょう)でこの決断(けつだん)はベストであることは君(きみ)の説明(せつめい)を聞(き)いて**腹(はら)に落(お)ちた**よ。

聽了你的說明後，我**認同**以目前的狀況來看，這是最佳的判斷。

⑧ 腹(はら)も身(み)の内(うち)

不要暴飲暴食

健康(けんこう)のために**腹(はら)も身(み)の内(うち)**と言(い)いますね。

有言道為了健康**不要暴飲暴食**喔。

⑨ 腹(はら)を切(き)る

負責任；切腹

私(わたし)は今回(こんかい)のプロジェクトリーダーとして**腹(はら)を切(き)って**結果(けっか)を出(だ)してみせます。

我身為這次企劃的領導人，會**負起責任**做出成果給大家看。

昔(むかし)の時代(じだい)では「切腹(せっぷく)」と言(い)って自(みずか)ら**腹(はら)を切(き)る**行為(こうい)がありました。

古時候有稱作「切腹」這種自己**剖腹自殺**的行為。

⑩ 腹(はら)を割(わ)る

坦誠相見、推心置腹

今日(きょう)は<u>腹(はら)を割(わ)って</u>色々(いろいろ)話(はなし)をしようじゃないか。

今天我們就來**推心置腹**，好好聊聊吧。

MEMO

ひ 日

① 太陽
② 陽光
③ 日期
④ 白天
⑤ 一天
⑥ 日向(ひなた)ぼっこ
日光浴

① 太陽

日(ひ)は東(ひがし)から昇(のぼ)り、西(にし)へと沈んでいく。

太陽從東邊升起，向西邊落下。

② 陽光

家(いえ)を決(き)める時(とき)は日当(ひあ)たりの良(い)いところにしています。

在選房子的時候，我會選日照好的地方。

③ 日期

沖縄旅行(おきなわりょこう)はどの日(ひ)に行(い)きますか。

沖繩旅遊要哪一天去？

この日(ひ)は工事(こうじ)の立(た)ち合(あ)いがあるので都合(つごう)が悪(わる)いです。

因為這一天我要到工地現場，所以時間上不方便。

④ 白天

夏は日照時間が長く、日が長く感じます。

夏天的日照時間長，讓人感覺白天很長。

日が明るいうちに帰ろう。

趁著天還亮的時候回家吧。

⑤ 一天

彼は努力を重ねて、日に日に上達していることが分かる。

他不斷地努力，看得出來一天比一天進步。

私はこの日のためにずっと努力してきました。

我為了這一天一直努力到現在。

⑥ 日向ぼっこ｜日光浴 專有名詞

うちの犬は窓の横で日向ぼっこするのが好きです。

我家的狗喜歡在窗邊曬日光浴。

ぷれいと プレート

① 板子、板金
② 板塊
③ 一盤料理
④ 盤子
⑤ ナンバープレート
車牌

① 板子、板金

この工場では機械などに使用する板金プレートを製造しています。

這間工廠在生產用於機器類的板金。

② 板塊

日本では4つのプレートがぶつかりあっているため、地震や火山活動が多い。

日本由於有 4 塊板塊相互碰撞，所以有不少地震或火山活動發生。

火山は大概プレートの境目付近にできることが多いです。

火山通常都在板塊交接處附近形成居多。

③ 一盤料理

今日の日替わり定食はミックスシーフードライスプレートです。

今天的每日特餐是綜合海鮮飯（盤）。

④ 盤子

オムライスをプレートに乗せて、タコさんウィンナーと野菜を盛り付けてお子様ランチの出来上がり！

把蛋包飯裝在盤子上，加上章魚香腸和蔬菜，兒童餐就完成了！

あちらに色んなサイズのプレートがあるから、食べたいものは自分で好きなだけ取ってください。

那裡有各種大小的盤子，你想吃什麼要吃多少，都請自行取用。

⑤ ナンバープレート｜車牌 專有名詞

週末は他県のナンバープレートが見かける。

到了週末就會看到外縣市的車牌。

みそ　味噌・ミソ

① 味噌
② 蟹黃、蝦膏
③ 關鍵、獨到之處

④ 手前味噌（てまえみそ）
老王賣瓜自賣自誇、自我吹噓

① 味噌

和食（わしょく）と言（い）えば、ご飯（はん）と味噌汁（みそしる）は欠（か）かせないですよね。

說到日式料理的話，白飯和味噌湯是不可或缺的對吧。

② 蟹黃、蝦膏

上海蟹（シャンハイがに）はミソが美味（おい）しいことで有名（ゆうめい）です。

上海大閘蟹以蟹黃好吃而聞名。

③ 關鍵、獨到之處

このフライパンは軽（かる）いけど頑丈（がんじょう）である以外（いがい）に、取（と）っ手（て）の部分（ぶぶん）が外（はず）せて収納（しゅうのう）しやすいのがミソなんです。

這個平底鍋雖然很輕卻非常耐用，而且獨到之處是把手的部分還可以拆下來方便收納。

④ 手前味噌（てまえみそ）｜老王賣瓜自賣自誇、自我吹噓 片語

手前味噌（てまえみそ）ですが、私（わたし）のグルメブログはフォロワーが10万人（じゅうまんにん）もいて大変人気（たいへんにんき）でございます。

請容我吹噓一下，我的美食部落格有 10 萬名粉絲在追蹤，非常受歡迎。

MEMO

みみ　耳

①耳朵
②聽力

③地獄(じごく)耳(みみ)
順風耳

①耳朵

象(ぞう)は大(おお)きな耳(みみ)を持(も)っている。

大象有雙很大的**耳朵**。

耳(みみ)に穴(あな)を開(あ)けるとピアスが付(つ)けられる。

在**耳朵**上打洞就可以戴耳環了。

②聽力

大(おお)きな音(おと)のする環境(かんきょう)に居続(いつづ)けると耳(みみ)が悪(わる)くなるよ。

如果一直待在聲音很吵雜的環境下，**聽力**會變差喔。

③ 地獄耳（じごくみみ）｜順風耳 專有名詞

私（わたし）は令和（れいわ）の**地獄耳（じごくみみ）**と呼（よ）ばれてるので、悪口（わるくち）は言（い）わない方（ほう）が良（い）いよ。

我堪稱是令和時代的**順風耳**，所以最好不要說我壞話比較好喔。

慣用句

①	耳（みみ）にする	聽
②	耳（みみ）に入（はい）る	傳到耳裡、聽到
③	耳（みみ）が遠（とお）い	重聽
④	耳（みみ）が早（はや）い	消息靈通
⑤	小耳（こみみ）に挟（はさ）む	偶然聽到
⑥	耳（みみ）に残（のこ）る	記得聽到的聲音、餘音繚繞
⑦	耳（みみ）を塞（ふさ）ぐ	不聽、摀住耳朵
⑧	馬（うま）の耳（みみ）に念仏（ねんぶつ）	當作耳邊風、不當一回事
⑨	寝耳（ねみみ）に水（みず）	震驚、晴天霹靂
⑩	聞（き）く耳（みみ）を持（も）たない	不願意聽、不聽人言

包含「耳」的慣用句

解釋 「耳」在慣用句中通常是表示聽這個動作，或是聽覺這項能力。

① 耳（みみ）にする

聽

彼（かれ）の噂（うわさ）は地元（じもと）でよく耳（みみ）にする。

在當地會經常聽到他的傳聞。

日本（にほん）の男性（だんせい）、特（とく）に九州男児（きゅうしゅうだんじ）は亭主関白（ていしゅかんぱく）が激（はげ）しいと耳（みみ）にするが、実際（じっさい）は人（ひと）それぞれの性格（せいかく）にもよるものです。

聽說日本男性，特別是九州男兒很大男人主義，不過實際上還是依每個人的個性而會有所不同。

② 耳に入る

傳到耳裡、聽到

今回の事がもし父親の耳に入ったらただじゃ済まない。

這次的事情如果傳到爸爸的耳裡，我就死定了。

海外で地元の方言が耳に入ったので話しかけてみました。

在國外聽到自己家鄉的方言，所以我跑去向他們搭話。

③ 耳が遠い

重聽

近所のおじいちゃんは耳が遠いため、電話のベルが聞こえず掛けても出ないことが多い。

鄰居的老爺爺因為重聽聽不到電話鈴聲，所以常常打了也沒人接。

人間は年を取ると多かれ少なかれ耳が遠くなってくる。

人上了年紀後，或多或少都會變得有點重聽。

④ 耳が早い

消息靈通

今日会社で起こったことはもう知ってるんだ。さすが耳が早いね。

今天在公司發生的事情你已經知道啦，消息還真靈通耶。

彼(かれ)は独自(どくじ)の情報網(じょうほうもう)を駆使(くし)して、業界(ぎょうかい)では耳(みみ)が早(はや)いことは片手(かたて)に入(はい)るほど有名(ゆうめい)です。

他運用本身特殊的情報網，在業界中**消息快**是數一數二地有名。

⑤ 小耳(こみみ)に挟(はさ)む

偶然聽到

この間(あいだ)小耳(こみみ)に挟(はさ)んだんだけど、花(はな)ちゃんって最近妊娠(さいきんにんしん)したんだって？

前陣子**偶然聽到**說小花最近懷孕了，是不是？

A:「部長(ぶちょう)、小耳(こみみ)に挟(はさ)んだ話(はなし)ですが、ライバル会社(がいしゃ)のA社(しゃ)が当社(とうしゃ)と似(に)たような製品開発(せいひんかいはつ)を進(すす)めているそうです。」

B:「そうか。ではその情報(じょうほう)が確(たし)かか一度(いちど)調(しら)べてくれ。」

A:「部長，有**小道消息傳來**說，競爭對手 A 公司似乎正在開發和我們類似的產品呢。」

B:「是嗎？那你去調查一下這個消息是否屬實。」

⑥ 耳(みみ)に残(のこ)る

記得聽到的聲音、餘音繚繞

お母(かあ)さんの子守歌(こもりうた)はいくつになっても耳(みみ)に残(のこ)る。

不管到了幾歲，媽媽唱的搖籃曲依然**繚繞在**我耳邊。

昨晚(さくばん)オーケストラの生演奏(なまえんそう)を聞(き)き大変感動(たいへんかんどう)して、今(いま)でも耳(みみ)に残(のこ)る。

昨晚去聽了交響樂的現場演奏後深受感動，直到現在都還餘音繚繞。

⑦ 耳(みみ)を塞(ふさ)ぐ

不聽、摀住耳朵

他人(たにん)の意見(いけん)に対(たい)して終始(しゅうし)耳(みみ)を塞(ふさ)いでいては進歩(しんぽ)できないよ。

老是摀住耳朵不聽別人意見的話，是沒有辦法進步的喔。

この曲(きょく)は悲(かな)しい過去(かこ)を思(おも)い出(だ)してしまうので耳(みみ)を塞(ふさ)ぐようにします。

這首曲子會讓我想起悲傷的過去，所以我都不聽。

⑧ 馬(うま)の耳(みみ)に念仏(ねんぶつ)

當作耳邊風、不當一回事

今(いま)の彼(かれ)は親(おや)のありがたみが分(わ)からないから、彼(かれ)を思(おも)っての説教(せっきょう)をしても馬(うま)の耳(みみ)に念仏(ねんぶつ)ですね。

現在的他還不知父母親的可貴，所以即使是為他好的說教，他也把它當作耳邊風。

彼は健康よりも食欲を大事にしているから、本人が気にするまで何を言っても馬の耳に念仏だよ。

他重視口腹之慾甚於自己的健康，所以除非他自己開始在意，否則說什麼他都不會當一回事的啦。

※《補充》與「馬の耳に念仏」類似的慣用語還有「猫に小判」、「豚に真珠」、「犬に論語」、「兎に祭文」等慣用語，這些都是表示不懂得事物的價值所以沒有作用、沒有意義的意思。

⑨ 寝耳に水

震驚、晴天霹靂

あの大企業が急に倒産するなんて寝耳に水だよ。

那間大企業居然突然倒閉，真令人震驚。

友達が乗った飛行機がまさかハイジャックに遭うなんて寝耳に水です。

朋友搭的飛機居然遇到劫機，真令人震驚。

⑩ 聞く耳を持たない

不願意聽、不聽人言

反抗期の子供は親や先生の言うことに聞く耳をもちたがらないことが多いので、静かに見守りましょう。

叛逆期的孩子通常不願意聽父母及老師說的話，所以我們就靜靜守候他們就好了。

め 目

① 眼睛、眼珠
② 視力
③ ゾロ目 專有名詞
骰子的點數（一對〇）

① 眼睛、眼珠

魚の鮮度は目を見ると分かるんですよ。この産地直送のノドグロの目はまさに透き通っていて、濁りのない上物ですね。

魚的鮮度看牠的**眼睛**就知道喔。這隻產地直銷的紅鱸魚是隻**眼珠**晶瑩剔透、不帶有一絲混濁的上等貨。

嘘をついていないなら私の目を見てもう一度言いなさい。

你如果沒有說謊的話，就看著我的**眼睛**再說一次看看。

② 視力

マサイ族の人は目がとても良く、視力が8.0もあるそうですよ。

馬賽族的人**視力**很好，聽說有到8.0呢！

私(わたし)は生(う)まれつき目(め)が悪(わる)くて、小学校(しょうがっこう)4年生(よねんせい)からメガネを掛(か)けています。

我天生就視力不好，從小學4年級就開始戴眼鏡了。

③ ゾロ目(め)｜骰子的點數（一對○） 專有名詞

ソーセージの屋台(やたい)でサイコロゲームをして、6(ろく)のゾロ目(め)を出(だ)したら2本(にほん)もゲットしました。

我在香腸攤玩骰子，擲出一對6，贏到了2支香腸。

MEMO

慣用句

① 目(め)にする	看到
② 目(め)が点(てん)になる	嚇到、驚訝的樣子
③ 目(め)が回(まわ)る	暈眩、頭暈
④ 目(め)に入(い)れても痛(いた)くない	非常寵愛（小孩、孫子）
⑤ 目(め)と鼻(はな)の間(あいだ)・目(め)と鼻(はな)の先(さき)	距離很近
⑥ 見(み)る目(め)がある	有眼光、有洞察的能力
⑦ 目(め)から鱗(うろこ)・目(め)から鱗(うろこ)が落(お)ちる	恍然大悟
⑧ お目(め)が高(たか)い	好眼光
⑨ 目(め)を盗(ぬす)む	不被發現、偷偷地、避人耳目
⑩ 目(め)が合(あ)う	對到眼
⑪ 大目(おおめ)に見(み)る	睜隻眼閉隻眼、不加追究
⑫ 目(め)がない	很喜歡
⑬ お目(め)に掛(か)かる	見面 （会(あ)う的謙讓語）

包含「目」的慣用句

解釋 這裡的「目」可以聯想為五官中的視覺或是表示身體器官的眼睛，亦或是眼光、眼神等意思。

① 目（め）にする

看到

台北（たいぺい）は東京（とうきょう）と同（おな）じく、よく外国人（がいこくじん）を目（め）にすることが多（おお）くなってきた。

台北和東京一樣，變得常常會看到外國人了。

事故（じこ）の過程（かてい）を目（め）にしてしまったことで、あの子（こ）はひどいトラウマになってしまった。

因為目睹了意外的經過，那孩子產生了嚴重的心理陰影。

② 目（め）が点（てん）になる

嚇到、驚訝的樣子

スイーツ食（た）べ放題（ほうだい）に行（い）くと、隣（となり）にいた 70 歳（ななじゅっさい）のおばあちゃんが 50 個（ごじゅっこ）も食（た）べたと聞（き）いた時（とき）は目（め）が点（てん）になりました。

我去吃甜點吃到飽時，聽到隔壁的 70 歲阿嬤吃了 50 個真是嚇了一大跳。

3 歳（さんさい）の子供（こども）が九九（くく）をスラスラと言（い）えるとは、目（め）が点（てん）になりました。

我好驚訝 3 歲小孩居然能將九九乘法倒背如流。

③ 目が回る
暈眩、頭暈

ジェットコースターに乗ると目が回るし気持ち悪くなるから、あまり好きじゃない。

搭雲霄飛車既會**頭暈**又不舒服，所以我不太喜歡坐。

彼女は仕事をしながら夜間の大学にも通っているシングルマザーで、毎日目が回るほど忙しい。

她是一名單親媽媽，一邊工作晚上還去上大學的夜間部，每天忙得**暈頭轉向**。

④ 目に入れても痛くない
非常寵愛（小孩、孫子）

目に入れても痛くない孫でも、イタズラで指を目に入れられるとやっぱり痛い。

就算是**非常寵愛**的孫子，但如果孫子調皮地把手指放到自己的眼睛裡，還是會痛啊。

⑤ 目と鼻の間・目と鼻の先
距離很近

学校と駅はすぐ目と鼻の先です。

學校和車站**距離很近**。

⑥ 見る目がある

有眼光、有洞察的能力

人事の仕事は人を見る目があるかが試される。

人事部的工作，會考驗你有沒有看人的眼光。

⑦ 目から鱗・目から鱗が落ちる

恍然大悟

先日テレビ番組を見て初めて知ったんですが、イカの足は頭から出ていて、頭みたいな部分は実は胴体だったんですね。目から鱗です。

前陣子看電視節目才知道，原來烏賊的腳長在頭上，看起來像頭的部分其實是牠的身體呢。令我恍然大悟。

⑧ お目が高い

好眼光

300 万円と 1000 円の生地を瞬時に判断することができるなんて、お目が高い。

您能夠瞬間判斷出 300 萬日圓和 1000 日圓布料的差別，真是好眼光。

⑨ 目(め)を盗(ぬす)む

不被發現、偷偷地、避人耳目

▌空(あ)き巣犯(すはん)は家主(やぬし)が留守中(るすちゅう)に近隣住民(きんりんじゅうみん)の**目(め)を盗(ぬす)み**、こっそり盗(ぬす)みを行(おこな)った。

小偷利用屋主不在家的時候，**避**過鄰居**耳目**，偷偷闖了空門。

⑩ 目(め)が合(あ)う

對到眼

▌レストランで店員(てんいん)さんと**目(め)が合(あ)う**と何(なに)か注文(ちゅうもん)しなきゃいけない衝動(しょうどう)に駆(か)られてついつい頼(たの)みすぎてしまうんです。

在餐廳和店員**對到眼**會讓我有種不得不點東西的衝動，所以每次都會不小心點太多。

▌彼(かれ)と**目(め)があった**瞬間(しゅんかん)、周(まわ)りがピンク色(いろ)になりビビッと感(かん)じました。これはいわゆる一目惚(ひとめぼ)れということでしょうか。

和他**對到眼**的瞬間，我感覺周圍都變成了粉紅色，像是觸電一般，難道這就是所謂的一見鍾情嗎？

⑪ 大目に見る（おおめにみる）

睜隻眼閉隻眼、不加追究

彼はまだ子供だし、初めてのミスだから大目に見てあげて。

他還是個孩子又是第一次犯錯，你就睜隻眼閉隻眼吧。

今回の損失は取引先の問題でもあるから大目に見てやるよ。

這次的損失也是客戶的問題，所以我就不追究你的過錯了。

⑫ 目がない（めがない）

很喜歡

私は刺身に目がないので、小さい頃スーパーへ行くと必ず真っ先に鮮魚コーナーで欲しいネタを物色し、親がやって来るのを待ってました。

我從小就很喜歡生魚片，所以每次去超市時就一定會直奔魚肉區挑選想吃的材料，一邊等爸媽過來。

彼は甘い物に目がないので、食後には必ずケーキかクッキーを食べる。

他很喜歡甜食，所以飯後一定會吃點蛋糕或餅乾。

⑬ お目に掛かる

見面（会う的謙讓語）

- またお目に掛かることができるのを心よりお待ちしております。
  我由衷地期待能夠再見到您。

- 本日は山田先生にお目に掛かることができ、大変勉強になりました。
  今天能夠見到山田老師，真讓我受益良多。

MEMO

やま・さん　山・ヤマ

① 山
② 一個小山
③ 事件、案件
④ 山(やま)を当(あ)てる 片語
機會微乎其微沒想到成功了
⑤ 山(やま)が見(み)える 片語
看得到盡頭、接近完成

① 山

日本(にほん)で一番有名(いちばんゆうめい)な山(やま)は富士山(ふじさん)だ。

在日本最有名的山是富士山。

阿里山(ありさん)の日(ひ)の出(で)はとても有名(ゆうめい)です。

阿里山的日出很有名。

② 一個小山

枯葉(かれは)の掃除(そうじ)をしていたら一山集(ひとやまあつ)められたよ。

打掃枯葉掃到堆成一個小山了。

③ 事件、案件

大きなヤマができると刑事である父は捜査で何日も家に帰ってこないのは日常茶飯事だ。

一有重大案件發生時，擔任刑警的爸爸會因為搜查工作而幾天不回家，這是很稀鬆平常的事情。

④ 山を当てる｜機會微乎其微沒想到成功了 片語

オーディションで山を当てて念願の夢がついに叶った。

我參加試鏡原以為機會微乎其微沒想到會成功，長年以來的夢想終於成真了。

⑤ 山が見える｜看得到盡頭、接近完成 片語

ワクチンに関する長年の研究がついに山が見えてきた。

關於疫苗長年的研究，終於快接近完成了。

わき 脇・ワキ

① 旁邊
② 邊邊、角落
③ 腋下

④ わきが甘い（あま） 片語
太天真了、想得太簡單

① 旁邊

酸辣湯（サンラータン）には絶対（ぜったい）欠（か）かせない黒酢（くろず）は醤油（しょうゆ）の脇（わき）に置（お）いてあります。

酸辣湯必備的黑醋放在醬油旁邊。

② 邊邊、角落

私（わたし）はカウンターの一番脇（いちばんわき）の席（せき）でゆっくり食事（しょくじ）を楽（たの）しむのが好（す）きです。

我喜歡坐在櫃台的最邊邊享受美食。

③ 腋下

麻辣鍋(マーラーなべ)を食(た)べると辛(から)くて脇汗(わきあせ)が出(で)ますよね。

吃麻辣鍋會辣到腋下流汗，對吧。

夏(なつ)が近(ちか)づくと腋毛(わきげ)などムダ毛(げ)の脱毛(だつもう)をする女性(じょせい)がいます。

夏天快到時，有女生會去除腋毛等雜毛。

④ わきが甘(あま)い｜太天真了、想得太簡單 片語

予約(よやく)なしで三(み)ツ星(ぼし)レストランに行(い)ったら案(あん)の定(じょう)入(はい)れなかったですね。わきが甘(あま)かったです。

沒預約就想去吃米其林三顆星的餐廳，結果真的進不去，我實在太天真了。

MEMO

Part 2

動詞

有語尾變化的詞彙，動詞可分類為「五段動詞」、「上·下段動詞」、「カ行變格動詞」、「サ行變格動詞」的四大類，或是將五段動詞歸為第一類動詞，上·下段動詞歸為第二類動詞，「カ行變格動詞」、「サ行變格動詞」同屬不規則語尾變化歸為第三類動詞的分法。

合う

① 合適

② 很搭

③ 絡(から)み合(あ)う 片語
纏繞

④ 話(はな)し合(あ)う 片語
溝通、討論

⑤ 釣(つ)り合(あ)う 片語
平衡

⑥ 気(き)が合(あ)う 片語
氣味相投、合得來

⑦ 割(わり)に合(あ)わない 片語
划不來、徒勞無功

① 合適

自分(じぶん)の足(あし)に合(あ)った靴(くつ)を履(は)かないとケガしやすいですよ。

如果不穿合自己腳的鞋會很容易受傷喔。

② 很搭

黄色(きいろ)のブラウスに緑色(みどりいろ)のスカートはとても合(あ)います。

黃色的女用罩衫配綠色的裙子很搭。

③ 絡み合う｜纏繞 片語

部屋を片付けようとしたら、ウィッグの髪の毛が絡み合っていてとかすのに３時間もかかったよ。

我想整理房間時發現假髮都纏繞在一起，光是把它梳開就花了我３個小時耶。

④ 話し合う｜溝通、討論 片語

トラブルが発生した時はじっくり話し合って問題を解決しましょう。

麻煩發生時好好溝通來解決問題吧。

⑤ 釣り合う｜平衡 片語

需要と供給が釣り合わなければ世の中は崩壊する。

如果供需不平衡的話，社會就會脫序。

⑥ 気が合う｜氣味相投、合得來 片語

林さんも運動した後は炭酸水を飲むのが好きなんですか。私もです。気が合いますね。

林小姐也喜歡在運動後喝汽泡水啊，我也是！我們真是氣味相投呢。

⑦ 割（わり）に合（あ）わない｜划不來、徒勞無功 片語

通勤時間（つうきんじかん）が1時間（いちじかん）もかかって、時給（じきゅう）がたったの500円（ごひゃくえん）なんてこんなバイトは**割（わり）に合（あ）わない**よ。

通勤要花1個小時而時薪才只有500日圓，這份打工根本**划不來**啊。

MEMO

いける　行ける・イケる

① 能夠去
② 順利進行
③ 好吃
④ 能喝（酒）

① 能夠去

この道をまっすぐ行って2つ目の路地を右に曲がってから10分歩けば士林夜市ですよね。うん！多分自分で行けると思う。

沿著這條路直走，在第二條巷子右轉後再走10分鐘就可以到士林夜市喔。嗯！我想我自己會走了。

② 順利進行

このプロジェクトは想定外のトラブルが発生し、スケジュールがだいぶ遅れてしまっているけど、本社から強力な助っ人が入ってくれたおかげで、なんとか予定通りいけるかもね。

這個計畫案發生預料之外的麻煩導致行程大大延遲了不少，不過幸好總公司有派非常優秀的強棒來幫忙，計畫案也許能夠如預定順利進行。

③ 好吃

A: イカ墨（すみ）パスタは食（た）べたことありますか。
B: イカ墨（すみ）って、あの黒（くろ）っぽいものですよね … 本当（ほんとう）に美味（おい）しいんですか。
A: バターを加（くわ）えるとコクが出（で）るので結構（けっこう）いけますよ。

A:你有吃過墨魚義大利麵嗎？
B:你說的墨魚是指那個黑黑的東西對吧……那真的好吃嗎?
A:如果加奶油進去味道會更香醇，還滿好吃的喔。

④ 能喝（酒）

私（わたし）はウィスキーよりも日本酒（にほんしゅ）がいける方（ほう）です。

我比較能喝日本酒甚於威士忌。

MEMO

うつす 移す

① 移動東西
② 人事異動、轉調部門
③ 傳染
④ 轉移
⑤ 著手

① 移動東西

フライパンの中(なか)のおかずをお皿(さら)に移(うつ)しておいて。

幫我把平底鍋裡的菜倒入盤子裡。

② 人事異動、轉調部門

会社(かいしゃ)の組織改革(そしきかいかく)のため、彼(かれ)は隣(となり)の部署(ぶしょ)に移(うつ)された。

因為公司實行組織改革，所以他被調到隔壁部門去了。

③ 傳染

新型(しんがた)コロナウイルスは潜伏期間(せんぷくきかん)が長(なが)く、その間(あいだ)は無症状(むしょうじょう)で知(し)らないうちに人(ひと)に移(うつ)してしまっている可能性(かのうせい)がある。

新冠肺炎的潛伏期很長，在那期間有可能會在無症狀的情況下不知不覺就傳染給別人。

④ 轉移

近年(きんねん)、酵素(こうそ)を使(つか)ったダイエット法(ほう)に関心(かんしん)を**移(うつ)す**人(ひと)が増(ふ)えている。

近年來有不少人**轉移**關注力到使用酵素的減肥方法上。

⑤ 著手

夢(ゆめ)は実行(じっこう)に**移(うつ)さない**と永遠(えいえん)に夢(ゆめ)のままで終(お)わってしまう。

夢想**不付諸**行動的話，永遠都只是夢想而已。

MEMO

おくる　送る

① 郵寄
② 送
③ 送別、送行
④ 渡過、過著

① 郵寄

気持（きも）ちを伝（つた）えるのならメールよりも手紙（てがみ）を送（おく）った方（ほう）が感動（かんどう）するよ。

如果要表達自己的心意的話，寄信會比電子郵件較令人感動喔。

② 送

今日（きょう）は雨（あめ）だから車（くるま）で駅（えき）まで送（おく）るよ。

因為今天下雨，我開車送你去車站啦。

③ 送別、送行

皆（みな）さん、拍手（はくしゅ）で本日（ほんじつ）のゲストをお送（おく）りしましょう。

各位，請掌聲歡送今天的嘉賓。

④ 渡過、過著

去年(きょねん)アメリカに移民(いみん)した友達(ともだち)は今(いま)どのような生活(せいかつ)を送(おく)っているんだろう。

去年移民到美國的朋友，不知道現在過著什麼樣的生活。

MEMO

おす 押す

① 按
② 推
③ 按壓
④ 蓋（印章）
⑤ 背中を押す 片語
推某人一把
⑥ 押し切る 片語
突破障礙、不顧
⑦ 押し付ける 片語
推卸
⑧ 押しが強い 片語
強烈的推銷
⑨ 念を押す 片語
再次確認、提醒、叮嚀

① 按

このボタンを**押す**と底が開いて落とし穴に落ちる。

如果**按**下這個按鈕，地板就會打開，人就會掉到陷阱裡。

② 推

車椅子を**押す**時はゆっくり進んでください。

推輪椅時請慢慢前進。

③ 按壓

最近は特に肩が凝っているので、強めに**押して**ください。

最近肩膀特別硬，麻煩幫我**按**用力一點。

④ 蓋（印章）

契約書に判子を**押して**ください。

請在合約上**蓋**章。

⑤ 背中を押す｜推某人一把 片語

元々は静かな性格で人前に立つことが苦手だったが、親友が励まし**背中を押して**くれたおかげで今は生徒会長になった。

我原本個性內向，很怕站在大家面前，但多虧好朋友的鼓勵**推**了我**一把**，現在我當上學生會長了。

⑥ 押し切る｜突破障礙、不顧 片語

彼は家族の反対を押し切ってミュージシャンになることを決めた。

他不顧家人的反對，決定要當個音樂人。

⑦ 押し付ける｜推卸 片語

家事と育児を全部奥さんに押し付けるのはダメですよ。

不能把家事和照顧小孩全都推給太太做啦。

⑧ 押しが強い｜強烈的推銷 片語

エステの無料体験に行ってみたらコースの紹介を長々とされて、店員の押しが強く30万円も払ってしまった。

我去美容美體沙龍做免費體驗，沒想到一直被介紹課程，最後因為店員強烈推銷，居然花了我30萬日圓。

⑨ 念を押す｜再次確認、提醒、叮囑 片語

明日は大事お見合いなので、娘に絶対遅れないよう念を押しました。

因為明天的相親非常重要，所以我再次叮囑女兒絕對不要遲到。

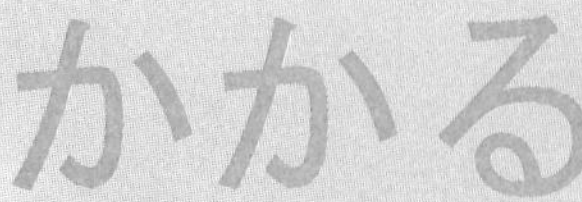

かかる　掛かる

① 懸掛
② 花費（時間）
③ 花費（金錢）
④ 覆蓋、蓋上
⑤ 施加壓力

① 懸掛

コートはそこに**掛(か)かって**います。

大衣就**掛**在那邊。

② 花費（時間）

ブラジルまで行(い)くのにどれくらい時間(じかん)が**掛(か)かります**か。

去巴西要**花**多久時間才能到呢？

③ 花費（金錢）

キッチンのリフォームに 300 万円(さんびゃくまんえん)**掛(か)かりました**。

我重新裝潢廚房**花了** 300 萬日圓。

④ 覆蓋、蓋上

閉店時(へいてんじ)の洋服売場(ようふくうりば)はマネキンに白(しろ)い布(ぬの)が掛(か)かっていることがあります。

服飾賣場打烊時，有時會在人偶上蓋上白布。

⑤ 施加壓力

親(おや)の過度(かど)の期待(きたい)は子供(こども)にとってプレッシャーが掛(か)かる。

父母過度的期待會造成孩子的壓力。

MEMO

きる　切る

① 切
② 剪開
③ 穿越、橫越、乘風破浪
④ 數字下降到打破紀錄、原有的數據
⑤ 洗牌
⑥ 去除
⑦ 完全、極了 副詞
⑧ 首(くび)を切(き)る 片語
開除
⑨ 領収書(りょうしゅうしょ)を切(き)る 片語
開收據

① 切

包丁(ほうちょう)で手(て)を**切らない**ように気(き)を付(つ)けてください。

小心**不要**被菜刀**切到**手。

② 剪開

カニを食(た)べる時(とき)はハサミで殻(から)を**切る**と食(た)べやすいですよ。

吃螃蟹的時候，用剪刀**剪開**蟹殼會比較容易吃喔。

③ 穿越、橫越、乘風破浪

風を切って全力疾走したのは何年ぶりだろう。子供の頃遊んでばっかりしてたことを思い出すな。

不知道已經隔了幾年沒有這樣迎著風全力奔跑了。這讓我回想起小時候每天都在玩的時候。

④ 數字下降到打破紀錄、原有的數據

彼は男子 100 メートル 9 秒を切り、見事県大会の記録を更新しました。

他跑出男子組 100 公尺 9 秒以內，精采地刷新了縣大會的紀錄。

⑤ 洗牌

マジシャンはいくらトランプを切ってもスペードの A を瞬時に探し出す超能力があります。

魔術師不管洗了多少次撲克牌，都有馬上找出黑桃 A 的超能力。

⑥ 去除

ヘアトリートメントは軽くタオルで水気を切ってから適量に塗ってください。

使用護髮霜時，請先用毛巾輕輕擦乾後，再取適量塗抹。

⑦ 完全、極了 副詞

今日（きょう）は朝（あさ）からバタバタしていて疲（つか）れ切（き）ったよ。

今天從早上開始就很忙，真是累**極了**。

⑧ 首（くび）を切（き）る｜開除 片語

会社（かいしゃ）の経営（けいえい）が厳（きび）しいと言（い）って、従業員（じゅうぎょういん）の首（くび）を切（き）るのはそう簡単（かんたん）に出来（でき）ないよ。

雖說公司經營有困難，但也無法輕易地**開除**員工喔。

⑨ 領収書（りょうしゅうしょ）を切（き）る｜開收據 片語

出張（しゅっちょう）の時（とき）は必（かなら）ず全（すべ）ての出費（しゅっぴ）において領収書（りょうしゅうしょ）を切（き）ってくださいね。

出差時凡是所有的花費，都請務必要**開收據**。

けす 消す

① 熄滅
② 關燈
③ 擦掉
④ 去除
⑤ 殺人、抹殺、封殺

① 熄滅

キャンプの時(とき)、焚火(たきび)はしっかり消(け)すように。

露營時要確實將營火熄滅才行。

② 關燈

部屋(へや)から出(で)る前(まえ)に電気(でんき)を消(け)してください。

出房門前請關燈。

③ 擦掉

間違(まちが)えている部分(ぶぶん)は消(け)しゴムで消(け)してください。

錯誤的部分請用橡皮擦擦掉。

④ 去除

魚の臭みを消すには生姜が効きます。

生薑可以有效去除魚腥味。

⑤ 殺人、抹殺、封殺

彼は政治家の汚職を暴こうとしたら、メディアの世界から消されてしまった。

他原本要踢爆政治人物的貪汙事件，結果卻被媒體圈封殺了。

MEMO

さがる 下がる

① 下降
② 後退
③ 退下

① 下降

今日(きょう)は急(きゅう)に気温(きおん)が 10 度(じゅうど)まで下(さ)がったね。

今天氣溫突然降到 10 度了。

② 後退

テレビを観(み)る時(とき)は部屋(へや)を明(あか)るくして、後(うし)ろに下(さ)がってください。

看電視時請打開電燈，退到後面看。

③ 退下

ここは私(わたし)に任(まか)せて、あなたは下(さ)がってて。

這裡就交給我，你退下。

さげる 下げる

① 降低
② 放下
③ 往後移動
④ 換下場
⑤ 收拾
⑥ お下(さ)げ(髪(がみ)) 專有名詞
辮子
⑦ 頭(あたま)を下(さ)げる 片語
道歉

① 降低

この薬(くすり)は血圧(けつあつ)を**下(さ)げる**のに有効(ゆうこう)らしい。

這種藥聽説對**降**血壓有效。

② 放下

この案(あん)に賛成(さんせい)の方(かた)は手(て)を挙(あ)げて、そうでない人(ひと)は**下(さ)げて**ください。

贊成這個提案的人請舉手，反對的人請**放下**。

③ 往後移動

このテーブルをもう少(すこ)し後(うし)ろに**下(さ)げて**もらっても良(い)いですか。

麻煩可以把這張桌子再稍微**往後移**一點好嗎？

④ 換下場

後半開始早々イエローカードをもらってしまった選手は先に下げます。

下半場才剛開始而已就拿黃牌的選手先換下場吧。

⑤ 收拾

もうお腹いっぱいなので料理を下げてもらっても良いですか。

我已經吃飽了，可以麻煩把菜收走嗎？

⑥ お下げ(髪)｜辮子 專有名詞

お下げ髪は子どもっぽく見えるイメージが強いけれども、工夫次第で大人可愛く見えます。

辮子雖然給人感覺很像小孩子，不過只要花點心思就可以看起來既成熟又可愛。

⑦ 頭を下げる｜道歉 片語

ミスをしてしまった時は誠心誠意頭を下げれば、きっとクライアントも許してくれるよ。

出差錯時只要誠心誠意地道歉，我想客戶一定會原諒我們的。

すべる　滑る

① 滑
② 滑倒
③ 落榜
④ 冷場
⑤ 口（くち）が滑（すべ）る 片語
說溜嘴

① 滑

フィギュアスケートは氷（こおり）の上（うえ）で**滑（すべ）り**、様々（さまざま）な技（わざ）をする競技（きょうぎ）です。

花式溜冰是在冰上**滑行**而展現各種招式的比賽。

② 滑倒

雨（あめ）で**足（あし）が滑（すべ）って**転（ころ）んでしまった。

因為下雨**腳滑**跌倒了。

③ 落榜

受験当日（じゅけんとうじつ）は高熱（こうねつ）のため実力（じつりょく）を発揮（はっき）できず、試験（しけん）に**滑（すべ）ってしまった**。

升學考試當天，我因為發高燒無法發揮實力導致**落榜**了。

④ 冷場

漫才(まんざい)は観客(かんきゃく)のリアクションが大事(だいじ)で、終始(しゅうし)静(しず)かなままであれば滑(すべ)ったということです。

相聲最重要的就是觀眾的反應，如果觀眾從頭到尾都很安靜的話，就表示冷場了。

⑤ 口(くち)が滑(すべ)る｜說溜嘴 片語

まだ内緒(ないしょ)にしておかなければならないのに、つい口(くち)が滑(すべ)ってしまった。

明明是還得要保密的事情，我卻不小心說溜嘴了。

MEMO

そう　沿う

①沿著　|　②依照、按照

①沿著

この道(みち)に**沿って**まっすぐ進(すす)めば小学校(しょうがっこう)が見(み)えてきます。

沿著這條路直走就可以看到小學。

②依照、按照

本日(ほんじつ)はお手元(てもと)にあるマニュアルに**沿って**パソコンの操作(そうさ)をしてみましょう。

今天就請**依照**您手邊的說明書來操作電腦看看。

MEMO

だす 出す

① 拿出
② 端出
③ 郵寄
④ 提交、投遞
⑤ 參加
⑥ 選出
⑦ 開車、派車
⑧ 露出
⑨ 展示、懸掛、掛出
⑩ 出版、發售、發表
⑪ 開店
⑫ 提出指示、命令
⑬ 提出、表達意見
⑭ 突然開始
⑮ 手(て)を出(だ)す 片語
動手
⑯ 顔(かお)を出(だ)す 片語
露臉
⑰ 口(くち)を出(だ)す 片語
插嘴、干涉

① 拿出

かばんの中(なか)から財布(さいふ)を出(だ)した。

從包包裡拿出了錢包。

② 端出

来客(らいきゃく)にお茶(ちゃ)とおしぼりを出(だ)してください。

請為客人端出茶水和擦手巾。

③ 郵寄

留学先に着いたら手紙出すね。

到了留學的地方我會寄信給你。

④ 提交、投遞

就職活動の時期に色んな会社に履歴書を出します。

找工作期間，大家都會向各種公司投遞履歷表。

⑤ 參加

ケガした状態で試合に出るのは無茶です。

竟然要在受傷的狀態下參賽，真是太亂來了。

⑥ 選出

グループの中からリーダーと記録係とタイムキーパーを一人ずつ出してください。

請從組員中選出隊長、記錄和計時者各一人。

⑦ 開車、派車

週末私が車を出すから心配しないで。

週末我會開車，所以你不用擔心。

⑧ 露出

お腹（なか）を出（だ）して寝（ね）ると風邪（かぜ）を引（ひ）きますよ。

露肚子睡覺會感冒喔。

⑨ 展示、懸掛、掛出

お店（みせ）の入口（いりぐち）には「商（あきな）い中（ちゅう）」という木札（きふだ）が出（だ）されている。

店門口有掛出「營業中」的木牌。

⑩ 出版、發售、發表

このブランドはいつも秋頃（あきごろ）に新（しん）モデルを出（だ）す。

這個品牌總是在秋季時發表新商品。

⑪ 開店

コンビニを出（だ）すなら駅前（えきまえ）、もしくは学校（がっこう）の近（ちか）くの方（ほう）が儲（もう）かる。

要開便利商店的話，選站前或是學校附近會比較有賺頭。

⑫ 提出指示、命令

どのように対処（たいしょ）した方（ほう）が良（い）いのか指示（しじ）を出（だ）してください。

請指示要怎麼處理比較好。

⑬ 提出、表達意見

この提案に不服の人は意見を出してください。

對這個提案不服的人請**提出**意見。

⑭ 突然開始

彼女はずっと元気がなく急に泣き出してしまった。

她看起來一直都沒什麼精神，然後**突然**就哭了出來。

⑮ 手を出す｜動手 片語

どんなに激しい口論をしても絶対に手を出してはいけません。

無論發生多激烈的爭吵，都絕對不能**動手**打人。

⑯ 顔を出す｜露臉 片語

せっかく地元へ帰ってきたんだから、母校に顔を出してみたら。同級生の田中君が今先生やってるんだよ。

因為難得回到家鄉來，所以我就去母校露個臉。結果發現同學田中現在在那裡當老師呢。

⑰ 口を出す｜插嘴、干涉 片語

子どもの将来について、親は人生を導く役を果たすべく、口を出すべきではない。

關於孩子的未來，父母應該是要扮演人生上引導的角色而非干涉。

MEMO

立てる

① 豎立
② 訂定
③ 推派出
④ 抬高對方、讓對方有面子
⑤ 發出聲音
⑥ 散播（謠言、評價）
⑦ 剛剛才…… 副詞
⑧ 鳥肌を立てる 片語
起雞皮疙瘩
⑨ 手柄を立てる 片語
立下功勞
⑩ 生計を立てる 片語
維持生計
⑪ 顔を立てる 片語
看在我的面子上

① 豎立

富士山の頂上に着いたら国旗を立てて記念写真を撮りたいです。

爬上富士山的山頂後，我想要**立起**國旗拍個紀念照。

② 訂定

彼はとても慎重な性格なため、いつも計画を立ててから行動するようにしている。

他的個性非常謹慎，所以總會**訂定**計畫後再採取行動。

③ 推派出

裁判に出るには弁護士を立てて弁護を依頼する必要があります。

打官司時有必要**派出**律師，委託律師辯護。

④ 抬高對方、讓對方有面子

「良妻賢母」とは日本の古くから言われる理想の女性像で、夫を立てる良き妻でありながら賢い母であることが求められています。中華圏の「賢妻良母」とは概念が違いますね。

所謂「賢母良妻」是日本自古以來對女性的理想，不僅要**讓**丈夫**有面子**，同時又要是一位聰明的母親。和華人圈「賢妻良母」的概念有所不同。

⑤ 發出聲音

この自転車はこぐ度に変な音を立てるので、修理に出した方が良いじゃないかな。

這部腳踏車每次騎的時候都會發出怪聲，是不是送去修理比較好啊。

⑥ 散播（謠言、評價）

インターネットで悪い評判が立てられて、お客さんが激減したよ。

在網路上被散播負評，害客人銳減耶。

⑦ 剛剛才…… 副詞

パンはやっぱり焼き立てが一番美味しい。

麵包還是剛出爐的最好吃。

このベンチには「ペンキ塗り立て」と看板が立っているので、座らないでね。

這張長椅有立著「剛漆完油漆」的告示牌，所以你不要坐下去喔。

⑧ 鳥肌を立てる｜起雞皮疙瘩 片語

私は鳥肌を立てて、ドキドキするようなホラー映画はあまり好きではありません。

我不太喜歡會起雞皮疙瘩又讓人心跳加速的恐怖片。

⑨ 手柄を立てる｜立下功勞 片語

会社にとっての手柄を立てれば昇進もあり得る。

如果為公司立下功勞的話，就有可能會升遷。

⑩ 生計を立てる｜維持生計 片語

今の世の中、アルバイトの収入だけで生計を立てるのは無理がある。

現在這個時代，無法只靠打工的收入來維持生計。

⑪ 顔を立てる｜看在我的面子上 片語

今回は私の顔を立てて部下のミスをお許しください。

這次請看在我的面子上，原諒我部下的疏失。

違う

① 不一樣
② 差異很大
③ 不正確
④ 擦れ違う 片語
擦身而過
⑤ 食い違う 片語
説詞不一致、有出入

① 不一樣

今の子は昔と**違って**自主性をより求められるようになった。

現在的孩子和以前**不一樣**，變得更被要求有自主性了。

② 差異很大

年があまりにも**違う**とカラオケで歌う歌が全く共通しないことに気づく。

年紀**相差太多**的話，去 KTV 唱歌時會發現唱的歌毫無共同之處。

③ 不正確

中国語(ちゅうごくご)では音(おと)の抑揚(よくよう)を表(あらわ)す「声調(せいちょう)」が違(ちが)ってくると、まったく別(べつ)の意味(いみ)になってしまいます。

中文裡有表示聲音上揚或下降的音調（四聲），如果發音不正確的話，會變成完全不一樣的意思。

④ 擦(す)れ違(ちが)う｜擦身而過 片語

ドラマでは主人公達(しゅじんこうたち)が何度(なんど)も擦(す)れ違(ちが)い、なかなか出会(であ)えず悲(かな)しむシーンが多(おお)い。

在連續劇中常看到男女主角們好多次擦身而過，無法見到面而傷心的場景。

⑤ 食(く)い違(ちが)う｜說詞不一致、有出入 片語

双方(そうほう)の証言(しょうげん)が食(く)い違(ちが)う一方(いっぽう)で、裁判官(さいばんかん)はひとまず休廷(きゅうてい)を命(めい)じることにした。

雙方的證詞一直有所出入，所以法官暫時下令休庭。

繫がる

① 接通（電話）
② （網路）連線
③ 連接（關係）、套關係
④ 話が繫がらない 片語
牛頭不對馬嘴

① 接通（電話）

高級和牛10キロ分の応募をしようとしたら回線が混み合っていて、3時間もかけ続けてやっと**繫がりました**。

我想打電話報名高級和牛 10 公斤的抽獎，電話卻一直忙線中，持續打了 3 小時後才終於**打通**。

② （網路）連線

このカフェはコーヒーも最高だし、ケーキも美味しい。しかも無料の Wi-Fi が**繫がる**のが嬉しい。

這間咖啡廳不僅咖啡好喝蛋糕也很棒，而且還可以**連上**免費的 Wi-Fi，真令人開心。

③ 連接（關係）、套關係

色々（いろいろ）と美味（おい）しいお店（みせ）を開拓（かいたく）したいと思（おも）うので、グルメ家（か）や雑誌編集者（ざっしへんしゅうしゃ）と**繋（つな）がって**おくのは何（なん）かとタメになるでしょう。

因為我想要開拓各種好吃的餐廳，所以和美食家及雜誌編輯**套好關係**應該會有所好處吧。

④ 話（はなし）が繋（つな）がらない｜牛頭不對馬嘴 片語

会議中一方的（かいぎちゅういっぽうてき）に自分（じぶん）の意見（いけん）を述（の）べているだけでは**話（はなし）が繋（つな）がらない**ので、効率的（こうりつてき）な議論（ぎろん）にはならない。

開會時光是一味地表達自己的意見，會出現**牛頭不對馬嘴**的情形，無法達到有效的討論。

MEMO

とおす 通す

① 讓……通過
② 穿過
③ 帶位、指引
④ 袖を通す 片語
穿衣服
⑤ 目を通す 片語
瀏覽、過目
⑥ 隠し通す 片語
隱瞞到底

① 讓……通過

救急車が来たので通してください。

請讓路給救護車通過。

② 穿過

母は老眼がひどく針に糸を通すのが不便になってきた。

媽媽的老花眼很嚴重，穿針引線變得不大方便了。

③ 帶位、指引

来客がお見えになったらB会議室へ通してください。

訪客來的話，麻煩帶他們到B會議室。

④ 袖(そで)を通(とお)す｜穿衣服 片語

このスーツはオーダーメイドなので、一度(いちど)袖(そで)を通(とお)していただいき、着用(ちゃくよう)した状態(じょうたい)で微調整(びちょうせい)をさせていただきます。

麻煩穿上這件全身訂製的西裝，容我在您穿著的狀態下幫您做微調。

⑤ 目(め)を通(とお)す｜瀏覽、過目 片語

こちらはマンションの賃貸契約書(ちんたいけいやくしょ)でございます。契約内容(けいやくないよう)について、一度(いちど)目(め)を通(とお)してください。

這是公寓的租賃契約，內容麻煩請您過目。

⑥ 隠(かく)し通(とお)す｜隱瞞到底 片語

ここの秘密(ひみつ)は何(なに)がなんでも絶対(ぜったい)に隠(かく)し通(とお)します。

無論如何，這個秘密絕對要隱瞞到底。

とばす　飛ばす

① 讓……飛起來
② 跳過（數字）
③ 發派邊疆
④ 開快車
⑤ メールを飛(と)ばす 片語
傳郵件
⑥ ヤジを飛(と)ばす 片語
嘲笑、辱罵、冷嘲熱諷
⑦ 売(う)り飛(と)ばす 片語
狂賣(強調賣氣很強)
⑧ 飛(と)ばしすぎる 片語
衝太快

① 讓……飛起來

こんな悪天候(あくてんこう)に飛行機(ひこうき)を**飛(と)ばす**のは無茶(むちゃ)です。

這麼壞的天氣竟然**讓**飛機**起飛**，真是太亂來了。

② 跳過（數字）

1(いち)、2(に)、3(さん)、5(ご)、6(ろく)… あれっ、さっき4(よん)を**飛(と)ばしました**よね。

1、2、3、5、6……咦？剛剛好像**跳過**4**了**對吧。

③ 發派邊疆

彼(かれ)は会社(かいしゃ)に大(おお)きな損失(そんしつ)を出(だ)してしまったので、子会社(こがいしゃ)へと**飛(と)ばされました**。

因為他讓公司虧大錢，所以**被發派**到子公司去了。

④ 開快車

私は寝坊して飛行機が出発する2時間前にやっと起きました。急いでタクシーを呼び、空港まで**飛ばす**ようにお願いし、離陸 40 分前のところでチェックインができました。

我因為睡過頭在飛機起飛前 2 小時才起床，所以趕緊叫了計程車拜託司機**飛車**到機場，幸好終於在起飛前 40 分鐘完成報到。

⑤ メールを飛ばす｜傳郵件 片語

ここの資料、**メールで飛ばして**ちょうだい。

這裡的資料**用郵件傳**給我。

⑥ ヤジを飛ばす｜嘲笑、辱罵、冷嘲熱諷 片語

野党は国会の中で、総理の発言に対して**ヤジを飛ばす**ことが多く見られる。

我們時常可以看到在野黨在國會對首相的發言內容**冷嘲熱諷**。

⑦ 売り飛ばす｜狂賣（強調賣氣很強）片語

最近このあたりは再開発予定地になることが発表され、物件があちこち売り飛ばされています。

最近因為被公布說這一帶將成為都更預定地，所以房屋買賣旺到不行。

⑧ 飛ばしすぎる｜衝太快 片語

マラソンはペース配分が大事なので、最初から飛ばしすぎると最後まで体力が持たないよ。

馬拉松最重要的是維持速度，所以如果一開始就衝太快的話，體力會撐不到最後喔。

MEMO

とる 取る

① 拿、取
② 牽住、握住
③ 去除
④ 脱、卸
⑤ 選擇
⑥ 考取
⑦ 承擔
⑧ メモを取る（と）片語
做筆記、記下來
⑨ 連絡を取る（れんらく／と）片語
聯繫、聯絡
⑩ 年を取る（とし／と）片語
變老、上年紀

① 拿、取

お好き（す）なものを1つ（ひと）**取って**（と）ください。

請隨意拿一樣您喜歡的東西。

② 牽住、握住

エスカレーターへお乗り（の）の際（さい）は、お子様（こさま）の手（て）をしっかり**取って**（と）お乗り（の）くださいませ。

搭乘電扶梯時，請緊握孩子的手。

③ 去除

この洗剤はどんな汚れでもきれいに**取り除く**魔法の洗剤なんですよ。

這種清潔劑是能夠**去除**各種髒汙的萬能清潔劑喔。

④ 脫、卸

屋内に入ったら帽子を**取る**のが礼儀です。

進到室內要**脫**帽才有禮貌。

⑤ 選擇

私は仕事よりも家族との時間を**取ります**。

我會**選擇**和家人相處的時間而非工作。

⑥ 考取

就職のために資格を**取る**人が多いです。

為了找工作有很多人去**考**證照。

⑦ 承擔

今回の件は小島君に思いっきりやらせてみよう。何かあったら責任は部長の私が**取る**。

這次就讓小島放手去做看看吧，有問題時由我這個經理來**承擔**。

⑧ メモを取(と)る｜做筆記、記下來 片語

会社(かいしゃ)で電話(でんわ)に出(で)る時(とき)は必(かなら)ずメモを取(と)りながら話(はな)すようにしましょう。

在公司接電話時，一定要一邊講電話一邊記下來。

⑨ 連絡(れんらく)を取(と)る｜聯繫、聯絡 片語

小学校(しょうがっこう)の同級生(どうきゅうせい)とはまだ連絡(れんらく)を取(と)っていますか。

你還有跟小學同學聯絡嗎？

⑩ 年(とし)を取(と)る｜變老、上年紀 片語

歴史上(れきしじょう)の記録(きろく)では、始皇帝(しこうてい)が不老不死(ふろうふし)を求(もと)めるために水銀(すいぎん)を摂取(せっしゅ)していたと書(か)かれていた。きっと始皇帝(しこうてい)は年(とし)を取(と)るのが怖(こわ)かったんだと思(おも)う。

在歷史記載中寫道，秦始皇為了追求長生不老而攝取水銀，我想秦始皇一定是害怕變老吧。

ながす　流す

① 洗滌、沖洗
② 流（淚）
③ 播放（音樂、影片）
④ 撥（瀏海）
⑤ 聞き流す（きながす） 片語
左耳進右耳出
⑥ 受け流す（うけながす） 片語
不放在心上
⑦ 背中を流す（せなかをながす） 片語
（幫別人）刷背
⑧ 噂を流す（うわさをながす） 片語
散播謠言
⑨ 電流を流す（でんりゅうをながす） 片語
通電、放電
⑩ 水に流す（みずにながす） 片語
不計前嫌，讓事情過去

① 洗滌、沖洗

畑（はたけ）から取（と）った大根（だいこん）には土（つち）がいっぱい付（つ）いているので、水（みず）でしっかり**洗い流して**（あらいながして）ください。

從田裡拔的蘿蔔上沾有很多泥土，請用水好好**沖乾淨**。

② 流（淚）

真冬（まふゆ）の中（なか）6時間（ろくじかん）も並（なら）んで伝説（でんせつ）の黄金豚骨（おうごんとんこつ）ラーメンを食（た）べた瞬間（しゅんかん）は感動（かんどう）して**涙を流しました**（なみだをながしました）。

我在嚴冬中排了6個小時，終於吃到傳說中的黃金豚骨拉麵時感動得**流淚了**。

③ 播放（音樂、影片）

音楽を流しながら片手にワインを持ち、優雅に食事をするのが趣味ですが、普段は忙しくてなかなかそんな時間が取れないですよね。

我的興趣是一邊播放音樂，手持紅酒一邊優雅地用餐，不過因為平時實在太忙了，根本抽不出這種時間呢。

テレビで和牛専門店に関する映像が流れるとついつい見入ってしまいます。

電視上只要在播關於和牛專賣店的畫面時，我總會不自覺地看到入神。

④ 撥（瀏海）

A: 今日はいかがいたしますか。

B: ええと、前髪を左に流す感じで、ジャニーズのようにかっこよく切ってください。

A: 您今天要怎麼剪呢？

B: 嗯～麻煩幫我把瀏海往左邊撥，剪成像傑尼斯一樣帥。

⑤ 聞き流す｜左耳進右耳出 片語

他人からの批判はいつも聞き流すので全然気にしないです。

旁人對我的批評我都左耳進右耳出，完全不放在心上。

⑥ 受け流す｜不放在心上 片語

接客業の仕事でクレームを受けることはどうしても避けられないので、上手に受け流すことも大事ですよ。

從事服務業不免會遇到客訴，所以不要放在心上也是很重要的喔。

⑦ 背中を流す｜（幫別人）刷背 片語

普段はお爺ちゃんと一緒にお風呂に入って、背中を流しながらしりとりをしています。

我平常都和爺爺一起洗澡，幫他一邊刷背一邊玩文字接龍。

⑧ 噂を流す｜散播謠言 片語

主婦 A: あそこのお宅、この間引っ越してきたばかりなのに何故か最近はずっと留守わよね。借金とか抱えて夜逃げでもしたのかしら。

主婦 B: 変な噂を流さないでくださいよ。ただ海外 出張が入って長引いただけですって。

主婦 A: 那一家不是不久前才剛搬來的嗎？怎麼最近都一直不在家啊，該不會是欠錢半夜落跑了吧？

主婦 B: 不要亂散播謠言啦！聽說只是去國外出差比較久而已。

⑨ 電流を流す｜通電、放電 片語

A: お肉に電流を流すとうま味が増すことはご存知ですか。

B: えっ、そうなんですか。

A: そう。しかも今は鶏胸肉をより美味しくさせるための感電装置まで開発されているんですよ。

A: 你知道通電到肉裡面會讓肉更好吃嗎？

B: 咦？是嗎？

A: 是啊，而且現在還研發出了讓雞胸肉更美味的放電裝置呢。

⑩ 水に流す｜不計前嫌，讓事情過去 片語

もうお互い謝った訳だし、今回のことは水に流そう。

我們也已經互相道過歉了，這次就不計前嫌讓這件事情過去吧。

MEMO

なれる　慣れる

① 習慣
② 熟練
③ 適應

① 習慣

海外生活も2か月経ち、段々**慣れて**きました。

海外生活也過了 2 個月，漸漸**習慣**了。

② 熟練

運転は練習すれば**慣れて**くるよ。

開車只要多練習就會**熟練**喔。

③ 適應

12 時間のフライトを終えて現地の時差に**慣れる**まで私は 2 日くらい必要かな。

搭了 12 小時的飛機後，我大概需要 2 天左右的時間來**適應**當地的時差吧。

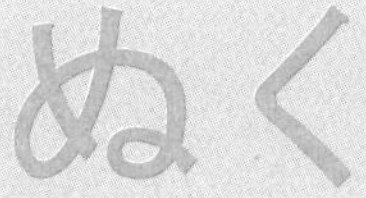

ぬく 抜く

① 拔
② 去除
③ 超越
④ 偷、扒
⑤ 持續到最後
⑥ 籍を抜く（せき／ぬ） 片語
除籍
⑦ 力を抜く（ちから／ぬ） 片語
放鬆

① 拔

雑草（ざっそう）はきれいに**抜（ぬ）かない**と花（はな）がダメになる。

雜草如果**不拔**乾淨的話，花會死掉。

② 去除

ダイエットをしたいなら炭水化物（たんすいかぶつ）など糖分（とうぶん）を**抜（ぬ）いた**食生活（しょくせいかつ）が結構（けっこう）効（き）くらしいですよ。

聽說如果想減肥的話，**去除**碳水化合物這類糖份的飲食生活很有效喔。

③ 超越

太郎（たろう）は全国記録保持者（ぜんこくきろくほじしゃ）を**抜（ぬ）いて**男子（だんし）100（ひゃく）メートルの記録（きろく）を更新（こうしん）した。

太郎**超越**全國紀錄保持人，刷新了男子 100 公尺的紀錄。

④ 偷、扒

海外旅行では街中や電車に乗っている時など、知らないうちに財布が**抜かれない**よう十分気を付けてください。

去國外旅遊不管是在逛街或是搭電車時都要十分小心，別在不知不覺中**被扒走**錢包。

⑤ 持續到最後

自分が提案したプロジェクトは絶対諦めないで、最後まで**やり抜いて**みせます。

我自己提案的企劃，自己絕對不會放棄，會**做到最後**給你們看。

⑥ 籍を抜く｜除籍 片語

テリー・ゴウは国民党に退党届を提出し、党の**籍を抜いた**。

郭台銘向國民黨提出退黨申請，**除去了**黨籍。

⑦ 力を抜く｜放鬆 片語

力を抜いて深く深呼吸してください。

請**放鬆**身體，來做深呼吸。

ねる 練る

① 揉（麵團）
② 構思、思考
③ 磨練、修練

④ 練り香水
香膏

① 揉（麵團）

パイ生地を作る時は練って伸ばして、また重ねて伸ばす工程を繰り返します。

製作派皮時，要不斷重複揉麵團後擀平，再重疊又擀的動作。

② 構思、思考

留学は人生一大事だから、十分な計画を練ってから行動した方が良いよ。

留學是人生中的一大事，最好要充分構思計畫後再行動喔。

③ 磨練、修練

タイの男性は人生に一度は出家して精神を練る修行をする人が多いらしいです。

聽說很多泰國男性在一生中會出家一次去修練精神。

④ 練り香水（ね こうすい）｜香膏 專有名詞

練り香水（ね こうすい）はほんのり香（かお）ることと、あまり肌荒（はだ あ）れが起（お）きないことが特徴（とくちょう）です。

香膏的特色是會散發淡淡的香味，且不太會造成皮膚粗糙。

MEMO

のこる　残る

① 殘留
② 留下、不回去
③ 剩下
④ 留有

① 殘留

5年前にできた交通事故の痕はまだ残っている。

5年前車禍造成的傷痕還殘留著。

② 留下、不回去

昔の時代は会社に残って長時間残業することが評価されていたが、今はいつまでも会社に残って仕事をしている人は効率が悪いと見なされる。

以前的時代會認為留在公司長時間加班是好事，不過現在卻被認為留在公司加班是工作效率不彰的緣故。

③ 剩下

ご飯まだ残ってるけど、もう食べないの？

飯還有剩，你不吃了嗎？

④ 留有

3年前(さんねんまえ)に初(はじ)めてお会(あ)いしたことはちゃんと印象(いんしょう)に残(のこ)っています。

3年前第一次跟您見面的事，還深深留在我的印象裡。

MEMO

のぞく 覗く

① 偷窺、偷看
② 用工具看
③ 順道去看
④ 露出一部分

① 偷窺、偷看

覗(のぞ)きは立派(りっぱ)な犯罪(はんざい)です。

偷窺是確確實實的犯罪行為。

今(いま)はスマホやパソコンの覗(のぞ)き防止(ぼうし)シートが販売(はんばい)されています。

現在有在販賣防偷看的智慧型手機及電腦的貼膜。

② 用工具看

ウイルスは小(ちい)さくて肉眼(にくがん)では見(み)えませんが、顕微鏡(けんびきょう)で覗(のぞ)くと様々(さまざま)な形(かたち)が見(み)えてきます。

病毒雖然小到用肉眼看不見，不過用顯微鏡就可以看出病毒的各種形態。

③ 順道去看

帰(かえ)りにお婆(ばあ)ちゃんの様子(ようす)を覗(のぞ)いてくるよ。

回家時我會順道去看一下阿嬤的狀況如何。

④ 露出一部分

雨(あめ)が1週間(いっしゅうかん)以上(いじょう)続(つづ)いていてうんざりしてたけど、やっと今朝(けさ)太陽(たいよう)がうっすらと覗(のぞ)いてきた。

雨持續下了一個多星期實在令人厭煩，不過終於在今天早晨太陽微微地露臉了。

のばす 伸ばす

① 擀（麵團）
② 延展、抹開
③ 提升（能力）
④ 羽を伸ばす 片語
放鬆

① 擀（麵團）

クロワッサンは伸ばした生地を重ねてまた**伸ばして**の繰り返しで作られています。

可頌麵包的作法是不斷重複把擀過的麵團重疊再**擀**的動作。

② 延展、抹開

使用方法：適量を患部に**伸ばして**ください。

使用方法：取適量並**抹開**於患部。

③ 提升（能力）

私は英語の会話力を**伸ばす**ために、週 3 回言語交換で練習しています。

為了**提升**英文的會話能力，我一週有 3 次用語言交換在練習。

④ 羽を伸ばす｜放鬆 片語

ここ1か月間受験勉強できっと大変だったでしょう。来週からの旅行で思う存分羽を伸ばしなさい。

這一個月為了準備升學考試，你一定累壞了吧。下星期的旅行你就好好地去**放鬆**吧。

MEMO

のびる 伸びる

① 長高
② 挺直
③（麵）糊了

① 長高

思春期に入ると、ひと夏で背が20センチも伸びる子もいるんですよ。

進入青春期後，有些孩子過了一個暑假就會長高20公分喔。

② 挺直

マッサージに行くと疲れが取れて、腰が伸びるようになりました。

去給人按摩後消除了疲勞，腰就挺得直了。

③（麵）糊了

まず仕事は一旦ストップして先に食べた方が良いですよ。でないと、麵が伸びてしまいます。

你先暫停工作吃飯比較好，不然麵要糊了。

のむ　飲む

① 喝（水）
② 喝（酒）
③ 吃（藥）
④ 接受
⑤ 飲(の)み込(こ)み 專有名詞
理解、領會

① 喝（水）

私(わたし)はフランスから輸入(ゆにゅう)したミネラルウォーターだけ飲(の)むようにしています。

我都只**喝**從法國進口的礦泉水。

② 喝（酒）

今夜(こんや)、一緒(いっしょ)に飲(の)みに行(い)かない？

今晚要不要一起去**喝一杯**？

③ 吃（藥）

胃腸炎(いちょうえん)の薬(くすり)なので、必(かなら)ず食前(しょくぜん)に飲(の)んでくださいね。

因為這是腸胃炎的藥，所以請務必在餐前**吃**。

④ 接受

これ以上会社に赤字を出す訳にはいかないので、G 社から提案された M&A の条件を飲むことにする。

因為不能再繼續讓公司賠錢下去了，所以我決定接受由 G 公司提案的併購條件。

⑤ 飲み込み｜理解、領會 專有名詞

彼は以前ホテルに勤めていたため、接客に関する業務内容の飲み込みが速い。

由於他之前在飯店工作過，所以有關待客的工作內容都理解得很快。

MEMO

はめる ×

① 戴上
② 裝上
③ 扣上
④ 陷害

① 戴上

彼(かれ)は彼女(かのじょ)に婚約指輪(こんやくゆびわ)をはめて永遠(えいえん)の愛(あい)を誓(ちか)った。

他為她戴上了結婚戒指，宣示永恆的愛。

② 裝上

この機械(きかい)は新(あたら)しい部品(ぶひん)をはめれば動(うご)かすことができます。

這台機器如果裝上新零件的話，就可以啟動了。

③ 扣上

シャツのボタンを**はめる**。

扣上襯衫的釦子。

④ 陷害

彼(かれ)はアリバイがあるにも関(かか)わらず、容疑者(ようぎしゃ)として起訴(きそ)されたのはきっと罠(わな)に**はめられた**に違(ちが)いない。

儘管他有不在場證明卻仍被起訴為嫌犯，肯定是**被陷害**的。

MEMO

やすめ　休め

① 給我去休息(命令口吻)
② 稍息
③ 気休め（きやすめ） 片語
一時的慰藉、求心安

① 給我去休息（命令口吻）

熱（ねつ）があるなら早（はや）く家（いえ）へ帰（かえ）って休（やす）め。

如果有發燒的話，就趕快給我回家休息。

② 稍息

起立（きりつ）、礼（れい）、休（やす）め。

起立、敬禮、稍息。

③ 気休め（きやすめ）｜一時的慰藉、求心安 片語

普段（ふだん）はろくに運動（うんどう）もせず暴飲暴食（ぼういんぼうしょく）した結果（けっか）、コレステロール値（ち）が高（たか）くなり、次回（じかい）の健康診断（けんこうしんだん）の1週間前（いっしゅうかんまえ）からサプリを飲（の）んだり、階段（かいだん）を歩（ある）いたりするのはただの気休（きやす）めに過（す）ぎない。

我平常都沒什麼在運動，又暴飲暴食導致膽固醇指數過高，現在為了下次的健康檢查，從1週前開始吃健康食品及走樓梯，只不過是求一時的心安而已。

形容詞 連體詞 形容動詞

Part 3

形容詞與連體詞

用來形容名詞的詞彙，日文的形容詞以「い」結尾有語尾變化；而同樣可以形容名詞的詞彙還有「連體詞」，連體詞的形式為「な」結尾不會發生語尾變化。例：大(おお)きい山(やま)/很大的山；大(おお)きな山(やま)/好大的山(啊)，「大(おお)きな」的語意除了眼裡看見的大以外還包含心中認為「好大啊」的抽象意味，而「大(おお)きい」則是單純地指眼裡看到的山很大的意思。

形容動詞

用來形容名詞時會在語尾加上「な」+名詞(例如：きれいな瞳(ひとみ)/漂亮的眼睛、きれいな部屋(へや)/乾淨的房間)；如果是在形容動詞後方加上動詞時會在語尾加上「に」+動詞(例如：きれいに片付(かたづ)ける/收拾整齊)。

あかるい　明るい

① 明亮的
② 活潑
③ 對……很了解

① 明亮的

まだ日(ひ)が**明(あか)るい**うちに帰(かえ)ろう。

趁天還**亮著的**時候回家吧。

君(きみ)にはまだ**明(あか)るい**未来(みらい)が待(ま)っているんだから、バカな事(こと)はするんじゃない！

你還有**光明的**未來在等著你，所以不要做傻事！

もう少(すこ)し**明(あか)るい**色(いろ)のスカートはありますか。

請問有顏色稍微再**亮**一點的裙子嗎？

② 活潑

クラスでは**明(あか)るくて**スポーツのできる子(こ)の方(ほう)が人気(にんき)です。

在班上，**活潑**又會運動的孩子比較受歡迎。

③ 對……很了解

田中(たなか)さんは物理学(ぶつりがく)に明(あか)るい学者(がくしゃ)です。

田中先生是位對物理學很了解的學者。

MEMO

あさい　浅い

① 深度很淺
② 顏色很淺
③ 時間不長
④ 不多
⑤ 程度不高、淺顯、膚淺
⑥ 輕微、淺

① 深度很淺

この池（いけ）は**浅い**けど沼（ぬま）があるから気（き）を付（つ）けてね。

這個池塘雖然**很淺**，不過因為有爛泥所以要小心喔！

このプール는 70（ななじゅっ）cm（センチ）と**浅い**けど、子供（こども）には必（かなら）ず目（め）を離（はな）さないでください。

這個游泳池雖然只有 70 公分**很淺**，不過千萬要看緊您的孩子。

② 顏色很淺

春服（はるふく）では**浅い**色合（いろあ）いのものが多（おお）く、ポカポカしたように見（み）えます。

春裝以**淺**色的衣服居多，看起來很溫暖。

③ 時間不長

あの事件(じけん)からまだ日(ひ)が浅(あさ)いので、あまり彼(かれ)を刺激(しげき)するような事(こと)は絶対(ぜったい)言(い)わないでください。

因為離那起事件時間還沒過多久，所以請絕對不要說些刺激他的話。

④ 不多

彼(かれ)はまだ仕事(しごと)の経験(けいけん)が浅(あさ)いため、色々(いろいろ)とフォローしてやって。

他因為工作經驗還不多，麻煩各方面都幫他打點一下。

⑤ 程度不高、淺顯、膚淺

若者(わかもの)はまだまだ人生(じんせい)における経験(けいけん)が少(すく)ないので、考(かんが)えが浅(あさ)いのは仕方(しかた)がない。

年輕人的人生經驗還不多，所以想法比較膚淺也是沒辦法的事。

⑥ 輕微、淺

この傷(きず)は浅(あさ)くて治(なお)りも早(はや)いと思(おも)います。

這個傷口很淺，我想應該很快就會好。

いたい　痛い・イタい

①痛　②不要臉、羞恥、厚臉皮

①痛

- 注射は痛かったけど今日は泣かなかったよ。

打針雖然很痛，可是我今天沒哭喔。

- 頭が痛い場合は様々な理由があり、最近では天気の変化による「天気痛」というものがあり、具体的には雨により気圧が下がり、交感神経が活発に動くことで頭痛や関節痛が起こる現象のことです。

頭痛的原因有很多，最近出現被稱作「天氣痛」的病，具體而言是因為下雨造成氣壓下降，刺激交感神經反應過度引發頭痛及關節疼痛等現象。

②不要臉、羞恥、厚臉皮

- 40歳を過ぎているのに、第一人称を自分の名前で言うぶりっ子は本当イタいね。

明明年過40還用自己的名字叫自己，那種做作女真的很厚臉皮呢。

うるさい 煩い

① 吵雜
② 講究
③ 顏色太花、刺眼

① 吵雜

昨日(きのう)から工事(こうじ)が始(はじ)まったので、日中(にっちゅう)は<u>うるさくて</u>家(いえ)にいられません。

因為昨天開始施工，所以聲音吵得我白天都無法待在家裡。

都会(とかい)は人(ひと)や車(くるま)が多(おお)くて<u>うるさい</u>イメージだが、利便性(りべんせい)に優(すぐ)れていることがメリットとして挙(あ)げられる。

都市雖然給人人多車多的吵雜印象，不過好處是非常方便。

② 講究

父(ちち)は味(あじ)に<u>うるさく</u>、自分(じぶん)の好(この)みでないものについては容赦(ようしゃ)なく辛口(からくち)コメントを発(はっ)してしまう。

因為我爸爸對於口味很講究，所以吃到不合自己胃口的菜時，便會毫不留情地發表毒舌批評。

アーティストは自分自身（じぶんじしん）のセンスに**うるさく**、簡単（かんたん）には妥協（だきょう）せず自分（じぶん）が納得（なっとく）した作品（さくひん）だけをこの世（よ）に送（おく）り出（だ）します。

藝術家對於自己本身的品味非常**講究**，絕不輕易妥協，只會將自己認同的作品公諸於世。

③ 顏色太花、刺眼

紅白（こうはく）のストライプを背景（はいけい）に水色（みずいろ）のドット、そしてオレンジ色（いろ）の花柄（はながら）まで加（くわ）えると、全体（ぜんたい）の色（いろ）が**うるさくて**目（め）がチカチカするよ。

以紅白相間的直條紋為背景加上水藍色的點點，然後再加上橘色的花朵圖樣，這樣整體的顏色會**太花俏**太刺眼。

広告（こうこく）のビジュアルは商品（しょうひん）の特徴（とくちょう）を訴（うった）えることが大前提（だいぜんてい）だが、色合（いろあ）いやレイアウトが**うるさい**とポイントを見失（みうしな）ってしまうので要注意（ようちゅうい）です。

雖然廣告設計的視覺圖像是以訴諸商品的特徴為大前提，不過要小心注意配色和排版，不要太過**眼花撩亂**，否則會喧賓奪主。

おかしい 可笑しい

① 好笑
② 奇怪
③ 怪怪的（身體微恙）
④ 怪怪的（狀況）

① 好笑

芸人（げいにん）はいつも面白（おもしろ）おかしいことを言（い）っている。

搞笑藝人總是會説些有趣好笑的事。

② 奇怪

あの人（ひと）はいつもおかしな服（ふく）を着（き）てるよね。※ 連體詞

那個人總是穿著很奇怪的衣服。

あれっ？ おかしいな…財布（さいふ）を家（いえ）に忘（わす）れてしまったのかな。

咦？奇怪了，我是不是把錢包忘在家裡了？

③ 怪怪的（身體微恙）

昨日食べ放題を食べてからなんか胃の調子がおかしい。

昨天吃了吃到飽之後，就覺得胃**怪怪的**。

A: 最近目がおかしくて視界がぼやけて見えるんだよね。
B: もしかしたら白内障じゃないかな。
A: そっか､もう 60 になったからその可能性ありかもね。明日病院行ってこよう。

A: 我最近眼睛**怪怪的**，看出去視線都模模糊糊的。
B: 會不會是白內障啊？
A: 對吼，我都已經超過 60 歲了，有可能呢。我明天去一趟醫院好了。

④ 怪怪的（狀況）

なんかパソコンの調子がおかしいな。カスタマーサービスに連絡してみます。

怎麼電腦有點**怪怪的**，來聯絡一下客服。

彼女は今日様子がおかしいですね。何かあったのかな。

她今天看起來**怪怪的**，是不是發生什麼事了？

おもい 重い

① 重
② 沉重、凝重
③ 嚴重的
④ 不舒服、重重的
⑤ 動作遲鈍、讀取很慢
⑥ 不好消化
⑦ 憂鬱、心情沉重

① 重

荷物(にもつ)が重(おも)いのでタクシーで帰(かえ)ります。

因為行李很重，所以我要搭計程車回家。

運動(うんどう)しても体重(たいじゅう)が重(おも)くなるのは筋肉量(きんにくりょう)が増(ふ)えたからですよ。筋肉(きんにく)が増(ふ)えることによって新陳代謝(しんちんたいしゃ)が増(ま)して、ますます痩(や)せやすい体(からだ)になります。

運動後體重卻變重是因為肌肉量增加的關係，藉由肌肉量的增加促進新陳代謝，變成更加易瘦的體質。

② 沉重、凝重

親(おや)からの期待(きたい)が重(おも)すぎて、押(お)しつぶされそうです。

父母對我的期待太過沉重，我都快要被壓垮了。

なんか重(おも)い表情(ひょうじょう)で浮(う)かない感(かん)じだね。どうかしたの？

你怎麼看起來表情很凝重悶悶不樂的，發生什麼事了？

③ 嚴重的

- 彼は重い病気を抱えているにも関わらず、いつも笑顔で元気に振る舞っている。

  儘管他生了重病，卻仍總是精神奕奕地笑臉迎人。

- 彼女は生まれつき重い心臓病で、今まで 3 回も手術をしている。

  她患有嚴重的先天性心臟病，到目前為止已經動過 3 次手術了。

④ 不舒服、重重的

- 昨日食べ放題を食べてからなんか胃が重い。

  昨天吃了吃到飽之後，就覺得胃重重的不舒服。

- 風邪みたい。体が重い。

  我好像感冒了，身體感覺不舒服。

⑤ 動作遲鈍、讀取很慢

- このパソコンは恐らくウイルスにやられたかもね。重過ぎて仕事にならない。

  這台電腦恐怕是中毒了，跑得太慢根本無法工作。

ケータイは5から6年くらいが寿命だと言われ、ソフトの更新にハードウェアがついて行けず、アプリやサイトの読み込みが重く感じることがあります。

聽說手機的壽命約為5~6年之間，這是因為硬體跟不上軟體的更新，會使得app及網頁的讀取變**慢**的關係。

⑥ 不好消化

朝に焼肉は重すぎて食べる気にならない。

早上就吃烤肉會**不好消化**，讓我食慾大減。

夜食は重いし太るから遠慮しとくよ。

宵夜**不好消化**又會發胖，所以我就先不用了。

⑦ 憂鬱、心情沉重

他人を蹴落として出世するのはどうも気が重い。

踩在別人頭上往上爬這種做法，讓人覺得**心情沉重**。

かたい　固い・堅い

① 硬
② 僵硬
③ 意志堅定
④ 口(くち)が堅(かた)い 片語
口風很緊
⑤ 頭(あたま)が固(かた)い 片語
故步自封、頑固的

① 硬

大理石(だいりせき)は重(おも)くて固(かた)いのが特徴(とくちょう)です。

大理石的特徵是又重又硬。

フランスパンは固(かた)くて噛(か)み応(ごた)えがあります。

法國麵包很硬很有嚼勁。

② 僵硬

結婚式で新郎は緊張のあまり、どの写真を見ても表情が固かったです。

結婚典禮上新郎因為太緊張了，所以不管是哪張照片表情都很僵硬。

③ 意志堅定

彼女は固い意志を貫き、20 kgの減量に成功した。

她貫徹堅定的意志，成功減重了 20 公斤。

④ 口が堅い｜口風很緊 片語

A: この件は決して口外してはならない。分かったな。
B: 承知しました。私は口が固いのでご安心ください。

A: 這件事絕對不能說出去，知道了嗎？
B: 知道了，我口風很緊的，您請放心。

⑤ 頭が固い｜故步自封、頑固的 片語

頭が固い人はなかなか他人の意見を聞こうとしない。

頑固的人往往都不願意聽取別人的意見。

かるい 軽い

① 輕
② 清脆的（聲音）
③ 隨意的、隨興的
④ 輕微的
⑤ 不油膩的、清淡的
⑥ 口(くち)が軽(かる)い 片語
大嘴巴
⑦ フットワークが軽(かる)い 片語
行動迅速敏捷

① 輕

発泡(はっぽう)スチロールの箱(はこ)はとても**軽(かる)い**です。
保麗龍的盒子很**輕**。

軽(かる)い荷物(にもつ)で旅行(りょこう)へ行(い)きました。
我帶著**輕便的**行李去旅行了。

② 清脆的（聲音）

風鈴(ふうりん)は風(かぜ)によって**軽(かる)い**音(おと)を立(た)てている。
風鈴被風吹得發出**清脆的**聲音。

③ 隨意的、隨興的

かる　き も　はじ　いま　じ ぶん　しょくぎょう
軽い気持ちで始めたつもりが、今は自分の職業になっ
ふ し ぎ
ているなんて不思議だね。

我原本只是**隨意**開始而已，沒想到現在居然變成了自己的職業了呢。

うみ　い　あした かる　い
海に行きたいんだったら、明日軽く行ってみる?

想去海邊的話要不要明天**隨興**去一趟？

④ 輕微的

かる　のうしんとう　か のうせい　いち ど シーティー　と
軽い脳震盪の可能性があるので、一度 CT を撮って
みましょう。

因為有**輕微**腦震盪的可能，所以先來照個電腦斷層看看吧。

⑤ 不油膩的、清淡的

きょう　い　おも　かる　た もの
今日は胃が重いので軽い食べ物にします。

因為我今天胃不舒服，所以要吃**清淡的**食物。

あつ　ひ　れいめん　かる　しょくじ　い
暑い日は冷麵など軽い食事が良いですね。

熱天來吃個涼麵這類**不油膩的**食物比較好。

⑥ 口が軽い｜大嘴巴 片語

彼は口が軽いので信用できない。

他很大嘴巴所以無法信任。

⑦ フットワークが軽い｜行動迅速敏捷 片語

この調査会社はフットワークが軽いことで有名です。

這間市調公司以行動迅速敏捷而聞名。

営業の仕事は顧客の要望によってフットワーク軽く対応することが求められます。

業務的工作必須要有迅速敏捷的能力去因應顧客的需求。

MEMO

きつい

① 很緊
② 辛苦、吃力、拮据
③ 嚴格的、不好相處的、嚴肅的、難搞的
④ 講話很衝、很直、出口傷人

① 很緊

お正月(しょうがつ)の時(とき)に食(た)べ過(す)ぎてしまい、デニムがきつくなってきたよ。

因為過年時吃太多，所以牛仔褲變得好緊喔。

靴(くつ)がもしきつくなったらすぐ新(あたら)しいのに換(か)えないと。

鞋子如果變緊了就要趕快換新的。

② 辛苦、吃力、拮据

この仕事は夜勤もあり、重い物を運ばなければならないのでお年寄りにとっては結構きついです。

因為這份工作不僅要上夜班還需要搬重物，所以對於上了年紀的人來説挺**辛苦**的。

彼女は幼い頃から経済的にきつい環境で育ち、大学は奨学金で通ってたらしいよ。

她從小在經濟**拮据的**環境長大，大學好像也是申請學貸去上的。

③ 嚴格的、不好相處的、嚴肅的、難搞的

職場には様々な人がいるため、性格がきつい人とも円滑に関わっていかなければなりません。

由於職場上有各式各樣的人在，所以即使和**難搞的**人也必須圓融相處才行。

あの先生はいつもきつい表情をしているように見えるけど、実はとても優しいんですよ。

雖然那位老師看起來總是一副**嚴肅的**表情，不過實際上人很好喔！

④ 講話很衝、很直、出口傷人

彼女(かのじょ)はいつも**きつい**言葉遣(ことばづか)いで部下(ぶか)に話(はな)しかけているため、若(わか)い人(ひと)はなかなか長(なが)く続(つづ)かないんですよ。

由於她總是用**很衝的**語氣對下屬講話，所以年輕一輩的人都做不久。

自分(じぶん)が上手(うま)くいかない時(とき)でも他人(たにん)に**きつく**当(あ)たるのは良(よ)くない。

即使是自己不順遂的時候，也不應該**出口傷人**。

MEMO

きれい

綺麗

※ 形容動詞（な形容詞）

① 美麗、漂亮
② 乾淨、整潔
③ 工整
④ 完全

① 美麗、漂亮

阿里山（ありさん）の日（ひ）の出（で）はとても**きれい**です。

阿里山的日出很美。

台湾（たいわん）の女性（じょせい）はスッピンでも**きれい**です。

台灣的女性即使素顏也很漂亮。

② 乾淨、整潔

- 私は毎日床掃除をして、汚れが溜まらないようきれいにしています。
  我每天都會打掃地板，保持乾淨不讓髒汙堆積。
- 机の上はきれいにしておいた方が業務の効率が上がりますよ。
  桌面保持整潔工作效率會比較好喔。

③ 工整

- 手紙を書く時はきれいな字で書いてくださいね。
  寫信的時候，字要寫工整一點喔。
- この線に沿ってきれいに切り取ってください。
  請沿著這條線工整地裁切。

④ 完全

- 大学を卒業してから全く英語の勉強をしていなかったので、きれいに忘れてしまったよ。
  因為自從大學畢業後就完全沒在念英文，所以全忘光了。
- 残りの洗剤は水を混ぜてきれいに使い切ったよ。
  我把剩下的清潔劑兑水後，完全用完了。

くろい　黒い

① 黒色的　｜　② 黑歷史、黑暗的

① 黑色的

私は黒い車の方が好きです。

我比較喜歡黑色的車子。

② 黑歷史、黑暗的

彼女は逮捕される前から黒い噂があった。

她在被逮捕前就有傳言說她有黑歷史。

彼は表向き国会議員という身分でありながら、長年陰で黒い噂が絶たなかった。

雖然他表面上是國會議員的身分，卻長年在背後不斷地有黑歷史的傳言。

慣用句

目(め)の黒(くろ)いうち　還活著的時候

目(め)の黒(くろ)いうち
還活著的時候

私(わたし)の目(め)が黒(くろ)いうちはこの男(おとこ)との結婚(けっこん)は絶対許(ぜったいゆる)さないぞ。

只要我**還活著**就絕對不允許妳和這個男人結婚。

祖父(そふ)の目(め)が黒(くろ)いうちに結婚(けっこん)して安心(あんしん)させたいです。

我想趁祖父**還活著的時候**，結婚讓他安心。

MEMO

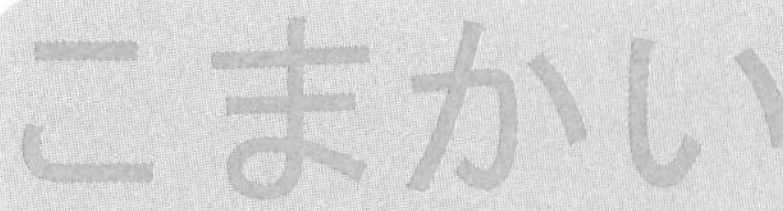

細かい

① 細小的
② 小金額的紙鈔、零錢
③ 輕微的、些微的
④ 無關緊要的、瑣碎的

① 細小的

くしゃみをすると、マイクロ飛沫という**細かい**粒子が空気中に漂い、密閉した空間には長時間飛び続けることになります。

打噴嚏後**細小的**微型飛沫會飄散在空氣中，而後在密閉空間裡長時間持續漂浮。

腕時計の修理は何百もの**細かい**部品を正確に組み合わせないと動けなくなる。

修理手錶時，必須把幾百個**細小的**零件正確地組裝，才能讓它運作。

② 小金額的紙鈔、零錢

今手元に細かいのがないから万札でも良いですか。

我現在手邊沒有小張的紙鈔，可以付萬元大鈔嗎？

細かいお金がないなら両替機で両替したらどうですか。

您如果沒有零錢的話，要不要去兌幣機換錢呢？

③ 輕微的、些微的

大きな地震が起こった直後は細かい揺れが続くことが多い。

大地震發生後，常常會緊跟著持續一陣輕微的搖晃。

砂糖と小さじ 1 杯と 1.5 杯の味の違いが細かすぎて、私には違いが分かりません。

砂糖 1 茶匙和 1.5 茶匙的味道差異太些微了，我分辨不出來。

④ 無關緊要的、瑣碎的

仕事を効率良くこなすにはいちいち細かいことを気にしてはいけない。

工作要有效率地進行，就不能太在意一些無關緊要的事。

生活の中で細かい事を気にしていられるのは、恐らく子供がまだ生まれていないうちかもね。

恐怕只有在小孩未出生前，大家才會去在意那些生活中無關緊要的瑣事吧。

MEMO

すごい　凄い

① 厲害
② 嚴重、超出平常的程度
③ 非常

① 厲害

ノー勉(べん)で合格(ごうかく)できるなんてすごいね。

沒念書居然能夠及格，還真是厲害呢。

5種類(ごしゅるい)もの言葉(ことば)を話(はな)せるなんてすごいね。

竟然會說 5 種語言，真是厲害呢。

② 嚴重、超出平常的程度

今回(こんかい)の台風(たいふう)による被害(ひがい)はすごいらしいよ。

聽說這次颱風造成的災害很嚴重呢。

彼(かれ)は最近新(さいきんあたら)しいアプリの公開(こうかい)に向(む)けて、いつもより比(くら)べてすごい残業(ざんぎょう)をしている。

他最近為了讓新開發的 app 上線，加班加得比平常還要兇。

③ 非常

彼女はひどいピーナッツアレルギーを持っているので、食べ物にはすごく気を付けています。

因為她對花生有嚴重的過敏，所以對食物都非常小心。

私は寝る時、音や光にとても敏感なので、寝る環境にはすごくこだわっています。

我睡覺時對聲音及燈光非常敏感，所以對睡覺的環境非常講究。

MEMO

するどい 鋭い

① 銳利的
② 很靈敏、很準
③（眼神）很兇
④ 動作很敏捷

① 銳利的

太刀魚(たちうお)の歯(は)は包丁(ほうちょう)のように鋭(するど)いので、触(ふ)れる時(とき)は十分(じゅうぶん)ご注意(ちゅうい)ください。

白帶魚的牙齒像菜刀一樣銳利，所以摸的時候請特別注意。

今(いま)は絨毯(じゅうたん)をも切(き)れる鋭(するど)いハサミが売(う)っているんです。

現在有在賣連地毯都能剪開的銳利剪刀。

② 很靈敏、很準

警察官は怪しい行動を取る人物に対する勘が**鋭い**ので、検問の時にたまたま犯人逮捕に至るケースも多いんです。

警察對於行動鬼祟的人直覺都**很準**，臨檢時碰巧逮捕到案的案例也不少。

目の不自由な人は聴覚が**鋭く**なり、遠くにある些細な音も聞こえてくる。

眼睛看不到的人聽覺會變得**很靈敏**，連遠處細小的聲音都聽得到。

③（眼神）很兇

私は生まれつきつり目であり、ただ無表情な時でも目つきが**鋭くて**怒っているように見えるとよく誤解されます。

我天生就是鳳眼，只要沒表情的時候，就常常被誤會說眼神**很兇**，像在生氣。

鋭い目つきで睨まれるとやっぱり怖い。

被人用**兇惡的**眼神瞪著時，還是會讓人覺得很可怕。

④ 動作很敏捷

プロのサッカー選手は皆動きが**鋭くて**、全力で走ってもボールは足に吸い付いているよう上手にコントロールしています。

職業足球選手的動作都非常**敏捷**，他們的控球技術高超，儘管全力衝刺時也都不會掉球。

この**鋭い**ボールさばきと3ポイントシュートの正確性はプロ並みのレベルです。

這**敏捷的**控球技術和射三分球的準確率，可以說媲美職業選手。

MEMO

せまい　狹い

① 狹窄　③ 狹義的
② 狹隘　④ 度量小

① 狹窄

この部屋は6畳しかないので2人で暮らすには狭いです。

這個房間只有6疊(3坪)大，要2個人住的話太窄了。

このワンルームはバルコニーがないので、洗濯物を部屋干ししている時は狭く感じる。

這間套房因為沒有陽台，所以在房間裡曬衣服時，會覺得空間有點狹窄。

② 狹隘

運転初心者は緊張するあまり、視野が狭くなり前だけを見て両サイドは気にする余裕がなくなってくる。

新手駕駛因為太過於緊張導致視野變得狹隘，只看得到前方而沒有餘力顧慮左右兩側。

③ 狹義的

台湾で餃子は狭い意味だと水餃子を指すが、日本では焼き餃子を連想する人が多い。

在台灣提到餃子狹義的意思是指水餃，不過在日本會聯想成煎餃的人比較多。

外国人が持つ在留カードには在留資格が記載されてあり、狭い意味では「日本に中長期滞在することが認められている」ことに違いはないが、永住者とその他は在留資格の更新の必要か否かが違ってくる。

外國人持有的居留卡上有寫著居留資格的名稱，狹義的解釋是表示「可在日本合法中長期居留」，不過永久居留者和其他人的差別在於是否需要更新居留資格。

④ 度量小

他人のミスには厳しく、自分のことは棚に上げる人は心が狭いとしか言いようがない。

嚴以待人寬以待己的人，只能說他度量很小。

たかい 高い

① 身高很高
② 價格很貴
③ 鼻(はな)が高(たか)い 片語
驕傲
④ 目(め)が高(たか)い 片語
有眼光
⑤ 意識(いしき)が高(たか)い 片語
注重、非常了解

① 身高很高

NBAの選手(せんしゅ)は背(せ)が高(たか)い選手(せんしゅ)が多(おお)いですね。

NBA 選手很多人身高都很高。

親(おや)の身長(しんちょう)が高(たか)ければ子供(こども)も高(たか)くなることが多(おお)い。

父母個子高的話，小孩通常身材也會比較高。

② 價格很貴

オーガニックの野菜は通常の野菜よりも高い。

有機蔬菜會比普通的青菜貴。

③ 鼻が高い｜驕傲 片語

君は国費留学の奨学金に合格したからご両親はきっと鼻が高いでしょうね。

你考上了公費留學獎學金，想必父母親都很**引以為傲**吧。

④ 目が高い｜有眼光 片語

※ 實際運用時常會在前面加上「お」

A: 私はこの絵の方が素敵だと思うわ。

B: さすがお目が高い。この絵はモネの絵画ですよ。

A: 我覺得這幅畫比較美。

B: **好有眼光**，這是莫內的畫作喔。

⑤ 意識が高い｜注重、非常了解 片語

彼は週 4 日ジムに通い、食事は栄養バランスを考慮したオーガニックのものを食べ、健康に対する意識が高いです。

他一個星期上 4 次健身房，而且都吃營養均衡的有機食物，**非常注重**健康。

たしか 確か

※形容動詞 / 副詞

① 確切的、確實
② 可靠的
③ 優異的
④ 堅定的
⑤ 身體正常
⑥ 或許、應該是、我記得

① 確切的、確實 ※形容動詞（な形容詞）

犯人（はんにん）を起訴（きそ）するには確（たし）かな証拠（しょうこ）や本人（ほんにん）の自白（じはく）がないと出来（でき）ない。

要起訴犯人必須要有確切的證據及本人的供詞才行。

② 可靠的 ※形容動詞（な形容詞）

日本製（にほんせい）のものは品質（ひんしつ）が確（たし）かで安心（あんしん）できる。

日本製的東西品質都很可靠，很令人放心。

③ 優異的 ※形容動詞（な形容詞）

日本の職人は確かな腕を持つが、愛想の悪い人が多いような気がする。

日本的職人的確擁有優異的技能，不過我覺得好像有不少人對人愛理不理的。

彼は確かな才能を持つ霊能力者です。

他是擁有優異才能的靈異人士。

④ 堅定的 ※形容動詞（な形容詞）

営業は日頃から顧客のところまで足を運び、誠実に対応をしていれば確かな信頼関係を築くことができる。

業務若是平時會去拜訪客戶並且很有誠意地應對，就可以和客戶建立起堅定的信任關係。

生まれの親よりも育ての親と言うように、里親でも日頃育てていくうちに子供とは確かな絆が生れます。

話說親生父母不比養父母，即使是養父母，在平時養育的過程中也可以和孩子孕育出堅定的情感。

⑤ 身體正常 ※形容動詞（な形容詞）

60 歳になっても足腰は確かで、週末にハイキングへ行くことが趣味です。

即使到了 60 歲我的腰腿還是很有力，所以週末去爬山是我的興趣。

⑥ 或許、應該是、我記得 ※副詞

ヨーロッパ旅行で飛行機に乗り遅れたのは確か4年前のことだった。

我記得在歐洲旅行時錯過飛機應該是4年前的事了。

私が日本へ留学しに行ったのは確か10年前で、当時はまだガラケーを使っていました。

我記得我去日本留學應該是10年前的事了，當時還在使用摺疊手機。

MEMO

ちかい 近い

① 距離很近、附近
② 時間很短
③ 接近
④ 幾乎（一樣）
⑤ 熟悉的
⑥ トイレが近(ちか)い
　頻尿

① 距離很近、附近

▌学校(がっこう)は家(いえ)から歩(ある)いて5分(ごふん)の距離(きょり)なので、**近(ちか)い**ですよ。

我從家裡走到學校只要5分鐘，**很近**喔。

▌駅(えき)の**近(ちか)く**に大(おお)きな病院(びょういん)があります。

在車站**附近**有間大醫院。

② 時間很短

▌今日(きょう)は皆(みな)さんと交流(こうりゅう)できてとても楽(たの)しかったです。また**近(ちか)い**うちに来(き)たいと思(おも)います。

今天和大家交流得非常愉快，希望**不久**的將來還可以再來。

③ 接近

血縁関係が**近い**親族に大きな病気があったら、自分も罹る可能性が高くなります。

血緣關係**近的**親屬如果患有重大疾病時，自己得病的機率也會提高。

また日にちが**近く**なったらお知らせいたします。

等到日期**接近**時，我們會再通知您。

④ 幾乎（一樣）

テストでほぼ全問正解に**近い**回答ができて嬉しい。

考試時我**幾乎**全都答對，真開心。

⑤ 熟悉的

この情報は警察に**近い**ところから入手した確かなものです。

這個情報是從和警察單位**很熟的**地方所得知的確切資訊。

⑥ トイレが近い｜頻尿 片語

妊婦や老人は**トイレが近く**なる傾向にある。

孕婦和老人會有**頻尿**的傾向。

つよい 強い

① 強
② 擅長
③ 抗、耐

① 強

やはり魔王は強すぎて勝てない。

魔王果然太強了，打不過牠。

最近結構肩凝りがひどくて、もっと強い力でお願いします。

最近我肩膀超硬的，所以請按用力一點。

② 擅長

私は朝が強いタイプで、5時に起きても全然平気だよ。

我是能早起的類型，所以即使5點起床也完全沒差。

彼は英語が強く、将来は海外の大学へ進学したいらしいです。

他很擅長英文，聽說將來想到國外讀大學。

③ 抗、耐

この機械は酸に強いコーティングをしているため、簡単にはさびない。

這台機器有塗抗酸性的保護膜，所以不容易生鏽。

梅雨の時期はいつも雨風に強い傘を用意しています。

梅雨季節時，我總會準備耐風雨的傘。

MEMO

まずい

× ※形容詞 / 感嘆詞

① 難吃的
② 不合時宜、糟糕的
③ 很差
④ 不妙、不是時候
⑤ 慘了！

① 難吃的 ※形容詞

こんなにまずいラーメンは初(はじ)めて食(た)べたよ。

我還是第一次吃到這麼難吃的拉麵耶。

② 不合時宜、糟糕的 ※形容詞

個人情報(こじんじょうほう)が重要視(じゅうようし)されるこのご時世(じせい)に、顧客情報(こきゃくじょうほう)の漏洩(ろうえい)は企業(きぎょう)にとってまずいことだ。

在這麼重視個資的時代，碰上顧客資訊外流，對企業來說是很糟糕的事。

面接(めんせつ)の時(とき)にサンダルを履(は)いていくのはまずいよ。

穿涼鞋去面試很不合時宜喔。

③ 很差 ※形容詞

彼(かれ)は料理(りょうり)がまずくて、いつも外食(がいしょく)ばかりしている。

因為他做飯很難吃，所以都是吃外食。

太郎(たろう)はボール遊(あそ)びがまずいので、いつもベンチになっている。

太郎的球技很差，所以總是只有坐板凳（候補）的份。

④ 不妙、不是時候 ※形容詞

A: 今日(きょう)いきなり会食(かいしょく)が入(はい)ってしまったけど、まずかったかな。

B: ううん、大丈夫(だいじょうぶ)だよ。お仕事頑張(しごとがんば)ってね。

A: 我今天臨時有個聚餐要參加，會不會有點不太妙啊？

B: 不會、沒關係呀。工作加油喔。

⑤ 慘了！ ※感嘆詞

まずい！来週納品(らいしゅうのうひん)する予定(よてい)の商品(しょうひん)の出荷依頼(しゅっかいらい)をすっかり忘(わす)れてしまった。早(はや)く手配(てはい)しないと。

慘了！下週預定要交貨的商品完全忘記要辦理出貨了，得趕快安排才行。

ゆるい　緩い

① 寬鬆的、鬆動的
② 不嚴格、鬆的
③ 輕鬆的
④ 不強的、弱的
⑤ お腹(なか)が緩(ゆる)い 片語
拉肚子

① 寬鬆的、鬆動的

ダイエットに成功(せいこう)して10(じゅっ)キロも痩(や)せたので、前(まえ)に着(き)ていた服(ふく)は全部(ぜんぶ)緩(ゆる)くなってしまった。

我減肥成功減掉了10公斤，以前穿的衣服都變得太鬆了。

② 不嚴格、鬆的

あの高校(こうこう)は校則(こうそく)が緩(ゆる)く、服装(ふくそう)も髪型(かみがた)も自由(じゆう)です。

那所高中的校規很鬆，服裝和髮型都很自由。

僕(ぼく)の家(うち)は門限(もんげん)が緩(ゆる)いから、遅(おそ)くなっても大丈夫(だいじょうぶ)だよ。

我家門禁不嚴，所以晚回家也沒差。

③ 輕鬆的

皆さん、もうテストも終わったことだし、今日は緩く自由に過ごしてください。

各位同學，既然考試都已經考完了，那今天你們就輕鬆自由地過吧。

④ 不強的、弱的

接戦の中、まさかの緩い球を返し、見事に逆転勝利しました。

在激烈的對戰中，以對手預料之外的弱球回擊，完美地逆轉勝了！

こんな緩い攻撃は全然痛くも痒くもないわ！

這麼弱的攻擊根本就不痛不癢！

⑤ お腹が緩い｜拉肚子 片語

彼は牛乳を飲むといつもお腹が緩くなる。

他一喝牛奶總是會拉肚子。

お腹が緩い時は白湯とスポーツドリンクを飲んで水分補給をした方が良いですよ。

拉肚子的時候，最好喝白開水及運動飲料補充水分。

Part 4

副詞

用來表示「用言（動詞、形容詞、形容動詞）」的程度或狀態，例如：擬聲詞、擬態詞、程度副詞、呼應（陳述或敘述用）等，多以平假名來標記且不會發生語尾變化。另外，副詞＋「する」會表示狀態發生改變屬於動詞（例：さっぱりする／變得清爽、すっきりする／變得很舒坦、很空曠），副詞＋「した」則可用來形容名詞（例：さっぱりしたもの／清淡的食物、たっぷりした服（ふく）／寬鬆的衣服）。

けっこう 結構

① 非常（表示比一般還高的程度）
② 很好
③ 不用了（委婉的拒絕）
④ 就行、也可以（在可容許的範圍內）

① 非常（表示比一般還高的程度）

このお店(みせ)は古(ふる)くて地味(じみ)に見(み)えるけど、オムライスが**結構(けっこう)**美味(おい)しいんだよ。

這間店看起來雖然又舊又不起眼，不過他們的蛋包飯**非常**好吃喔。

② 很好

初(はじ)めての作品(さくひん)にしては**結構(けっこう)**な出来栄(できば)えです。

以第一次的作品來説，這算是**很好**的成果了。

③ 不用了（委婉的拒絕）

A: ただいまお会計金額が税込１万円を超えますと抽選にご参加できますが、如何でしょうか。

B: いいえ、今日はあまり時間がないので結構です。

A: 現在凡是結帳金額含稅超過 1 萬日圓就可以參加抽獎，請問您要參加嗎？

B: 不用了，我今天沒什麼時間。

④ 就行、也可以（在可容許的範圍內）

A: そちらの信号を超えたら右に寄せてもらって結構です。

B: あ、そうですか。それでは合計 3200 円です。

A: はい、ちょうどです。ありがとうございます。

A: 請在過了那個紅綠燈後靠右邊停就行了。

B: 這樣啊，那麼總共是 3200 日圓。

A: 好，這邊剛好，謝謝。

さっぱり ✖

① 清爽
② 清淡
③ 爽朗
④ 完全

① 清爽

ランニングをすると汗(あせ)びっしょりになって、シャワーを浴(あ)びたら**さっぱり**したよ。

因為跑步出了一身汗，淋浴後感覺好**清爽**。

② 清淡

今日(きょう)は胃(い)の調子(ちょうし)が良(よ)くないので、**さっぱり**したものをお願(ねが)いします。

我今天腸胃狀況不太好，麻煩給我**清淡**一點的食物。

③ 爽朗

彼(かれ)はあの子(こ)の**さっぱり**した性格(せいかく)に惹(ひ)かれて猛烈(もうれつ)にアタックし、ついにゴールインまで持(も)ってきた。

他被她**爽朗**的個性吸引促使他熱烈追求，終於走上了紅毯。

④ 完全

ルートや関数(かんすう)などはもうさっぱり分(わ)からないよ。

根號、函數這些我都完全搞不懂啦。

しっかり ×

① 牢牢地（固定）
② 緊緊地（握住）
③ 成熟、堅強、懂事
④ 確實地
⑤ 充分、足夠

① 牢牢地（固定）

この棚(たな)は**しっかり**固定(こてい)しておいてください。

請**牢牢**固定好這個櫃子。

② 緊緊地（握住）

横断歩道(おうだんほどう)を渡(わた)る時(とき)は**しっかり**とお母(かあ)さんの手(て)を繋(つな)いでいてね。

過馬路的時候，要**緊緊**抓住媽媽的手喔。

③ 成熟、堅強、懂事

この子(こ)は人見知(ひとみし)りしないし、挨拶(あいさつ)もちゃんとできていて**しっかり**してるね。

這孩子不僅不怕生，看到人也都會打招呼，實在很**懂事**。

④ 確實地

どんなに忙しくても朝ごはんは**しっかり**食べましょう。

無論多忙都要**確實地**吃早餐。

⑤ 充分、足夠

このアイスクリームはミルクの味が**しっかり**していてとても美味しいです。

這個冰淇淋的牛奶味**很香濃**，非常好吃。

MEMO

すっきり ×

① 清爽
② 爽口
③ 整齊
④ 心情舒坦

① 清爽

シャンプーをしたら**すっきり**しました。

洗頭後感覺好**清爽**。

② 爽口

ミント飴（あめ）は**すっきり**した味（あじ）わいで美味（おい）しいです。

薄荷糖口味很**爽口**很好吃。

③ 整齊

引（ひ）っ越（こ）しの準備（じゅんび）で荷物（にもつ）を片付（かたづ）けたら部屋（へや）がずいぶんと**すっきり**しました。

準備搬家整理東西後，房間變得好**整齊**。

④ 心情舒坦

悩（なや）みがある時（とき）は友人（ゆうじん）に相談（そうだん）してみると**すっきり**しますよ。

有煩惱的時候找朋友商量看看，**心情**會比較**舒坦**喔。

たっぷり 

① 很多（量）
② 很多（時間）
③ 滿滿的、充分的
④ 寬鬆的、褲襠比較深

① 很多（量）

彼(かれ)はいつもトーストにジャムを**たっぷり**塗(ぬ)るのが好(す)きだ。

他總是喜歡在吐司上塗**很多**果醬。

② 很多（時間）

私(わたし)はきれい好(ず)きなので、週末(しゅうまつ)は**たっぷり**時間(じかん)を掛(か)けて家(いえ)の掃除(そうじ)をしています。

我很愛乾淨，所以週末會花**很多**時間打掃家裡。

③ 滿滿的、充分的

この子(こ)は両親(りょうしん)が長年(ながねん)の不妊治療(ふにんちりょう)を経(へ)てやっと生(う)まれてきた子(こ)で、愛情(あいじょう)**たっぷり**のもとで育(そだ)ちました。

這孩子是他父母經過長年不孕症治療後，好不容易生下來的，所以他就在父母**滿懷的**愛當中長大。

④ 寬鬆的、褲檔比較深

ここ数年(すうねん)はオーバーサイズと言(い)ったたっぷりしたトップスが流行(はや)っています。

這幾年流行所謂的寬鬆大版上衣。

お年寄(としよ)りの方(かた)はたっぷりしたパンツの方(ほう)が好(この)んでおり、生地(きじ)を柔(やわ)らかめで伸縮性(しんしゅくせい)のあるものが売(う)れ筋(すじ)です。

因為年長的客人比較喜歡褲檔深的褲子，所以材質方面柔軟有彈性的較為熱賣。

ちょうど ×

① ……整（時間）
② ……整（金錢）
③ 剛剛
④ 像是、類似
⑤ ちょうど良(い)い 片語
正好
⑥ ちょうど良(い)い 片語
合身

① ……整（時間）

毎日(まいにち) 3 時(さんじ)ちょうどにチャイムが鳴(な)ったらおやつの時間(じかん)です。

每天 3 點整鈴聲響起時就是點心時間。

② ……整（金錢）

はい、130 円(ひゃくさんじゅうえん)ちょうどお預(あず)かりします。

是，收您 130 日圓整。

③ 剛剛

今日(きょう)は道(みち)が結構(けっこう)混(こ)んでてちょうど今(いま)家(いえ)に着(つ)いたところだよ。

今天路上嚴重塞車，我現在才剛剛回到家呢。

④ 像是、類似

観音山(かんのんやま)の形(かたち)は**ちょうど**観音様(かんのんさま)が横(よこ)たわっているように見(み)える。

觀音山的形狀就**像是**觀音橫臥著的樣子。

⑤ ちょうど良(い)い｜正好 片語

ちょうど良(よ)かった。君(きみ)もちょっと手伝(てつだ)って。

來得**正好**，你也來幫忙一下。

⑥ ちょうど良(い)い｜合身 片語

就職祝(しゅうしょくいわ)いとしてオーダーメイドで**ちょうど良(い)い**スーツを両親(りょうしん)が作(つく)ってくれました。

為了慶祝就職，父母為我量身訂做了**合身**的西裝。

MEMO

ちょっと

① 一點點
② 喂！
③ ちょっと待って 片語 等一下

① 一點點

私はいつも晩御飯をちょっとしか食べないんです。
我晚餐總是只吃一點點。

② 喂！

ちょっと！列に割り込まないでください。
喂！請不要插隊。

③ ちょっと待って｜等一下 片語

もう少しで完成するからちょっと待って。
就快要完成了，等我一下。

はっきり ✖

① 看得清楚
② 聽得清楚
③ 明白、明瞭
④ 意識清楚
⑤ 正色、濃郁的顏色
⑥ 區別
⑦ 明顯地、不遮掩、清楚地

① 看得清楚

目（め）が悪（わる）くなって、メガネを変（か）えたら**はっきり**見（み）えるようになった。

因為視力變差，所以換了一副眼鏡後就看得**清楚**了。

② 聽得清楚

私（わたし）は昨晩（さくばん）**はっきり**と女（おんな）の人（ひと）の叫（さけ）び声（ごえ）と車（くるま）のブレーキ音（おん）が聞（き）こえました。

昨晚我**清楚地**聽到女人的尖叫聲和車子的剎車聲。

③ 明白、明瞭

先（さき）ほどの彼（かれ）の態度（たいど）を見（み）ると、もう金輪際関（こんりんざいかか）わらない方（ほう）が良（い）い人（ひと）だと**はっきり**分（わ）かった。

看他剛剛的態度我就**明白**，不要再跟他有任何瓜葛比較好。

④ 意識清楚

彼(かれ)は頭(あたま)をひどくケガをしていて、まだ意識(いしき)が**はっきり**しません。

他的頭受到很嚴重的傷，到現在意識都還不太**清楚**。

⑤ 正色、濃郁的顏色

私(わたし)は淡(あわ)い色(いろ)よりも、**はっきり**とした色合(いろあ)いが好(この)みです。

我喜歡**濃郁**的色澤甚於淡色調系。

⑥ 區別

仕事(しごと)とプライベート、いわばオンとオフの時間(じかん)を**はっきり**と分(わ)けたワークライフバランスが現代社会人(げんだいしゃかいじん)において重要(じゅうよう)なことです。

工作時間和私人時間，亦即將ON和OFF作**區別**的work-life balance(工作與生活的平衡)，對現代人而言是很重要的事。

⑦ 明顯地、不遮掩、清楚地

自分(じぶん)の意見(いけん)は**はっきり**言(い)わないといけません。

自己的意見要很**清楚地**表達出來才行。

ぴったり ×

① 緊貼著、黏著
②（大小尺寸）剛好
③ 合適
④ 剛好（某個數量）
⑤ 剛好（時間）

① 緊貼著、黏著

あの子(こ)は恥(は)ずかしがり屋(や)でお母(かあ)さんの後(うし)ろにぴったりとくっついている。

那孩子非常害羞，一直黏在媽媽背後。

②（大小尺寸）剛好

靴屋(くつや)さんを3軒(げん)も回(まわ)ってやっとサイズがぴったりな靴(くつ)が買(か)えました。

繞了3間鞋店，終於買到尺寸剛好的鞋子了。

③ 合適

拓海は商社勤めで将来有望だから、友美の結婚相手に**ぴったり**なんだと思うんだけどな。

拓海在貿易公司工作將來很有發展性，我覺得**很適合**做為友美的結婚對象啊。

④ 剛好（某個數量）

今回のシンポジウムの参加者数は**ぴったり**200 人で、満席だった。

這次參加座談會的人數剛好是 200 人**整**，高朋滿座。

⑤ 剛好（時間）

彼はいつも 9 時**ぴったり**に教室に来ます。

他總是在 9 點**整**進教室。

MEMO

ぼんやり 

① 模糊、看不清楚
② 發呆、精神恍惚
③ 發呆、恍惚的表情
④ 記憶模糊

① 模糊、看不清楚

今夜（こんや）は霧（きり）があるから道（みち）がぼんやりとしていてはっきり見（み）えない。

今晚因為起霧，所以看不清楚路。

② 發呆、精神恍惚

昨日（きのう）は寝不足（ねぶそく）で会議中（かいぎちゅう）はぼんやりしていて寝（ね）そうになってしまった。

因為昨晚沒睡好，在開會的時候精神恍恍惚惚的差點睡著了。

③ 發呆、恍惚的表情

インフルエンザになってしまい、高熱（こうねつ）が下（さ）がらずぼんやりとした表情（ひょうじょう）になってしまった。

因為得了流感高燒不退，表情變得恍恍惚惚的。

④ 記憶模糊

子供の頃京都旅行へ行ったと両親が言っているが、記憶はぼんやりとしていてあまり覚えていない。

父母說小時候有帶我們去京都旅行，但我的記憶很模糊不太記得。

MEMO

MEMO

附錄

小文章

1. 味噌(みそ)のお話(はな)し
味噌的故事

2. 足(あし)の形(かたち)は様々(さまざま)
腳型百百款

3. 健康(けんこう)とは
所謂健康為何

4. 首(くび)、クビ
脖子、kubi

5. 薬(くすり)とドラッグ
藥與毒品

6. 鍵(かぎ)
鑰匙

7. きれい
美

8. 「食(た)べる」と「飲(の)む」
吃與喝

9. お肉(にく)の名前(なまえ)?花(はな)の名前(なまえ)?
肉的名稱?還是花的名稱?

10. 血液型(けつえきがた)
血型

1

味噌のお話し

［名詞—「味噌」P.133］

日本の味噌は中国より伝来したという説があり、1300年もの間日本人の食生活を支え、基礎調味料である「さしすせそ」の「そ」にあたります。しかし、日本人が食す味噌は温暖多湿な気候による産物ではないかとの考え方もあります。歴史は縄文時代まで遡ることができ、当時はどんぐりを原料として作った「縄文味噌」と呼ばれる食品があった。江戸時代の諺では「医者に金を払うよりも、味噌屋に払え」とあるように、大豆由来の味噌は腹中をくつろげて血を生かし、百薬の毒を消す効果があると人々に愛用されていました。

日本各地では様々な味噌があり、色も白、赤、黒と多様多種です。その中で夏は高温多湿な東海地方、特に愛知県では赤味噌を使った料理が多く、愛知の名物グルメ「味噌カツ、味噌煮込みうどん、味噌きし麺」など甘味が特徴な「八丁味噌」を使った料理があげられます。また、八丁味噌は2017年12月15日に愛知県の共有財産として農林水産省のGI（地理的表示保護制度）に登録され、愛知県と言えば味噌のイメージが益々固まってきたとも言えるでしょう。

「手前味噌」という言葉の語源も実は日本の食文化に根付く調味料の味噌が深く関係している。昔は各家庭で味噌を作り、それぞれが良い味を出すために工夫をこらしていたことにより、自慢できる、自慢するとの意味に転じられました。つまり、自分が自慢できる物事、自分で自分を褒める時は現代の日本語で「手前味噌」という慣用句になりました。

参考資料

- https://www.marukome.co.jp/miso/　マルコメ企業サイト
- http://miso.or.jp/museum/knowledge/history/　みそ健康づくり委員会
- http://aichimiso.jp/　愛知の豆みそ公式サイト
- https://www.maff.go.jp/j/shokusan/gi_act/register/49.html　農林水産省

味噌的故事

據說日本的味噌是由中國傳來，支撐日本人的飲食生活至今長達 1300 年，是基本調味料「さしすせそ (sa shi su se so)」之中的「そ (so)」。不過也有其他意見表示

日本人食用的味噌是屬於溫暖濕潤的氣候中被製造出來的產物。味噌的歷史最早可以追溯至繩文時代，當時有用橡實作爲原料做出名叫「繩文味噌」的食品。而在江戶時代有一句諺語說「要付錢給醫生不如付錢給味噌店」，表示由大豆製成的味噌能舒緩肚子活絡血脈，可解百毒的功效廣受衆人喜愛。

在日本各地有很多種類的味噌，顏色有白色、紅色、黑色等非常多樣。其中夏季爲高溫多濕的東海地區，特別是在愛知縣有不少使用紅味噌的料理，像是「味噌豬排、味噌烏龍麵、味噌棊子麵」等愛知的名產都是使用帶有甜味的「八丁味噌」。另外，八丁味噌在 2017 年 12 月 15 日被當作是愛知縣的公有財產而登錄到農林水產省的 GI(產品地理標誌)，更加鞏固了一提到愛知縣就會想到味噌的印象。

「手前味噌 (te ma e mi so)」這說法的由來也和紮根於日本飲食文化的味噌有著密不可分的關係。以前每個家庭都會自己製作味噌，各自爲了做出更好的味道而費盡心思，所以後來有了引以爲傲、可以炫耀的意思。所以本身引以爲傲的事物，也就是自誇的時候，在現代日文會使用「手前味噌 (te ma e mi so)」這個慣用句。

2

足の形は様々

［名詞－「足」P.10］

足の形、主に指の長さによって様々なタイプに分けることができることはご存知でしょうか。日本人の中ではエジプト型、ギリシャ型、スクエア型の３種類が多く見られます。まず、エジプト型は足の親指が一番長く、足の指の並びが斜めになっているタイプを指し、日本人の中では一番多く見られます。また、次に多いのはギリシャ型で、その特徴は足の人差し指が最も長くなっているタイプです。これらの名称の由来は古代エジプト、古代ギリシャの彫刻に描かれている人物の足の特徴に由来したそうです。そして、スクエア型はローマ型とも言い、足の親指と人差し指の長さが同じくらいになっている状態を指します。

もし足に合わない靴を履くと、外反母趾、靴ずれなど様々な不快をもたらします。外反母趾は親指が長期間圧迫された状態の靴を履き、親指が小指の方向に曲がってしまう状態を言います。外反母趾は靴先が尖ったヒールや幅の狭いパンプスを履くとなりやすくなってしまいます。さらに、足に合わない靴を長期間履き続けると巻き爪などのトラブルが起こり、爪が横の皮膚に入り込んでとても痛くなります。

現在、日本では巻き爪を矯正するテープや外反母趾専用の靴などが販売されていますが、足の健康のためにきちんと自分の足に合う靴を選ぶようにしましょう。

そこで、もし靴選びに迷っていたら専門知識を持つシューフィッターに聞いてみると良いです。彼らはお客様一人一人の足の特徴を把握しながら、最適な靴を提案することができます。また、シューフィッターになるには資格試験を受ける必要があり、安心してお任せできますよね。

参考資料

- https://fha.gr.jp　足と靴と健康協議会

腳型百百款

不知道你有沒有聽過腳型可以依腳趾的長短分類呢？日本人裡常見的有埃及型、希臘型和方型這3種。首先埃及型是腳的大拇指長度最長，且其他腳趾的排列呈斜線狀，在日本人裡面最常見的就是這個類型。接著是希臘型，其特徵為腳的食指長度最長。以上這些名稱的由來，據說是來自於古埃及和古希臘時期的雕刻品上，所刻劃的人物的腳部特徵而被命名。最後，方型又稱作羅馬型，是指腳的大拇指和食指的長度幾乎一樣的狀態。

如果穿上不合腳的鞋子會造成拇指外翻、磨腳等不適。拇指外翻是指長時間穿著壓迫大拇指的鞋，使其彎曲朝向小指的方向，像是鞋頭比較尖或窄的高跟鞋就容易造成拇指外翻。另外，長期穿著不合腳的鞋子還會造成指甲插進旁邊的肉，會非常疼痛。

目前日本的市面上有在販售矯正指甲插進肉裡的貼片和拇指外翻的專用鞋，不過還是要慎選適合自己腳型的鞋子才是最重要的。

如果不知道怎麼選鞋的話，可以諮詢擁有專業知識的shoe-fitter(鞋子搭配師)，他們會依照每位客人的腳型特徵推薦最適合的鞋子，而且這個 shoe-fitter 是需要通過檢定考試的，所以可以很放心地交給他們喔。

3

健康とは

日本は長寿の国と良く言われますが、それは和食の基本スタイル「一汁三菜」が大きく役割を果たしているようです。

一汁三菜はご飯に汁物、そして主菜を 1 種類と副菜を 2 種類という組み合わせのことです。3 種類あるおかずは基本焼き物であったり煮物であったり、ほとんどが油の少ない調理法で作られています。また、豊富な品数によって体に必要な栄養素をバランス良く撮ることができます。そこで、長生きをするためには健康状態を維持することが必要不可欠です。真の健康と言えば身も心も健康である必要があり、それぞれの対処方は以下の通りとなります。

体の健康は日々の運動と食生活に強く関わっています。運動は適度に汗ばむ程度で、無理をせず継続することが大事です。そして、食生活は栄養バランスの良いものを選択することが一番ですが、時には好きなものを食べてみるのも悪くないです。心の健康は「楽しい、満足、生きがいを感じる」などプラスの気持ちである状態のことを指します。前述の「時には好きな物を食べるのも悪くない」というのも、食べた後ハッピーな気持ちでいられるのは健康に繋がるからです。

生きがいはなりよりの薬。体が健康に見えても心が健康でなければ人間は健康とは言えません。心の健康状態は外からだとなかなか気づかれないものなので、もし日頃の生活、仕事、人間関係などに悩みを感じたら必ず信用できる方に相談してみてください。

所謂健康為何

日本常被人說是長壽之國，那是因爲日本料理的基本形式「三菜一湯」似乎起了重要的作用。

三菜一湯是指白飯和湯，再加上1樣主菜及2樣小菜的組合。3樣菜基本上是用燒烤或是燉菜這種少用油的烹調方式，而且菜色豐富多樣可以幫助攝取均衡的營養。所以爲了能夠長壽，維持健康狀態是不可或缺的要素。而所謂眞正的健康必須要身心都健康才行，以下是各別的因應方法。

身體的健康和平時的運動、飲食習慣息息相關。運動時只要有適度地流汗即可，不需要勉強，重點是要持續下去。而飲食習慣方面最好是選擇營養均衡的菜色，不過偶爾吃吃自己喜歡的食物也無妨。因爲心靈的健康是指「快樂、滿足、活得有意義」這種正面的情緒。前面提到「偶爾吃吃自己喜歡的食物也無妨」是想要表達吃完後保持心情愉悅，也會間接讓人變得健康。

活得有意義就是最好的良藥。身體看似健康而心理卻不健康的話，就不能稱之爲健康的人。心理的健康狀態難能從外觀上看得出來，所以如果你在日常生活、工作、人際關係上有煩惱的話，請一定要找可以信任的人商量看看。

MEMO

4

首、クビ

[名詞─「首」P.67]

首は頭と体を繋げる大事な部分で、転じて人の命、または仕事などの意味も持つようになりました。まずは体の一部の首について話してみましょう。体の部位では頭と体を繋げる首以外に、手首、足首といったパーツが存在します。お年寄りによると、首を冷やさなければ全身が温かく感じると言います。道理で冬になるとマフラー、レギンス、レッグウォーマーなど様々な「首」を温めるグッズがあちこちで売られていますよね。

次に、会社から解雇を命じられることを「クビ」と言います。ただ、現代の日本社会では正規雇用で雇われている限り、会社は簡単に従業員をクビにすることはできません。ただ、犯罪を起こしたり、無断欠勤が続いたりするとクビになることはあり得ます。そこで、会社側が従業員をクビにする場合は解雇と退職勧奨の2種類に分けられます。

労働基準法第20条によると、30日前に解雇予告をすることが義務付けられており、解雇に相応する理由がないといけません。しかし、もし会社が「解雇予告手当」を払えば予告なしで解雇することが可能となります。

退職勧奨とは、早期退職をするように会社から勧められ、自ら退職するように促すことです。このような退職勧奨は経営上人員整理が必要となった際によくみられる手段で、時には条件付きで退職金を多めに受け取れることを伝え、自主退職に応じるよう仕向けようにします。

参考資料

- https://www.mhlw.go.jp/new-info/kobetu/roudou/gyousei/dl/140811-1.pdf　厚生労働省
- https://elaws.e-gov.go.jp/search/elawsSearch/elaws_search/lsg0500/detail?lawId=322AC0000000049#84　e-Gov 法令検索

脖子、kubi

首（脖子）是連結頭部和身體非常重要的部分，後來衍生爲人的性命或是工作等意思。首先先來說明作爲身體一部分的脖子。身體除了連結身體和頭的首（脖子）之外還有手首（手腕）和腳首（腳踝）。老人家說只要不讓首部著涼全身就會很溫暖。難怪一到冬天到處都在賣圍巾、褲襪、襪套等來保暖各個「首部」的產品。

接下來是被公司開除時會說的「クビ (ku bi)」，不過在現代的日本社會，只要是以正職員工身分被聘僱的話，公司就無法輕易地開除員工。但若有犯罪、持續曠職等情形就有可能會被開除了。當公司要開除員工時，可以分為解雇和建議自請離職 2 種方式。

根據日本的勞動基準法第 20 條規定，雇主必須於 30 天前預告解雇事宜，且給員工解雇的正當理由。但如果公司願意支付「解雇預告津貼」的話，有可能在沒有預告的情況下解雇該員工。

建議自請離職是由公司勸說員工提早離職，讓他自行提出辭呈的做法。像這種建議自請離職的手法，常見於公司經營上需要人力精簡的時候，有時會附加可以多領離職金的條件，以便促使員工自動離職。

MEMO

5

薬とドラッグ

人は風邪を引いたり、体に不調が出てきたりすると薬を飲んで治そうとします。しかし、薬は特定の症状を抑える効果がある反面、副作用というものが付いてきます。そして、その副作用が一時的なものに留まらず、人体に永久的なダメージを与えてしまうのがドラッグです。

ドラッグとは麻薬、覚せい剤など違法薬物を指します。なぜこれらは法律上禁止されているのか、その理由は人体に悪影響を及ぼす上に、薬物依存の状態に陥り通常の生活を送ることが困難になるためです。例えば、大麻、ヘロイン、コカイン、MDMAなどがあげられます。また、2000年以降からは「脱法ドラッグ」というものが世に出始め、法律上では直接取り締まることのできない法律のルールから脱却した薬物のことを言いますが、人体への影響は通常のドラッグと同様、またはそれ以上のダメージを与えてしまいます。また、その販売手段はお香やアロマ、バスソルトなどに偽って売られることもあり、極めて悪質な手法です。

普段適量に使用していれば問題のない睡眠薬や麻酔薬なども、過度に摂取してしまうと薬物依存になってしまうこととなり、最悪な場合は命を危険にさらす可能性さえ出てきます。

薬の使用方法については必ず処方箋の通りに服用し、決して規定を超える量を服用することはいけません。また、健康な体を保つためには適度な運動と栄養バランスの良い食習慣を身に付けることと、なるべくストレスを溜めないようにすることをお勧めします。

藥與毒品

人在感冒或身體不適時會希望能靠吃藥好起來，不過藥物在有效治療某種症狀的同時，也會帶來所謂的副作用。而副作用的影響不僅止於一時、會造成人體永久性傷害的則稱爲毒品。

毒品是指麻藥、興奮劑等違法的藥品，這些藥品之所以會在法律上被禁止是因爲它會對人體造成不良的影響，且容易上癮而無法維持正常生活的緣故，例如大麻、海洛因、古柯鹼、MDMA（搖頭丸）等。另外在 2000 年後開始出現被稱作「法規外毒品」的東西流入市面，這是指在法律上還無法取締、不在法律規範內的藥物，這些藥物對人體的傷害與一般毒品不相上下，甚至危害更大。而法規外毒品的販賣通路大多偽裝成香、精油、沐浴鹽等商品，販售手法相當惡劣。

使用適當劑量就不會有問題的安眠藥和麻醉藥等，若是攝取過量也還是會造成藥物依賴，最糟的情況可能會賠上性命。

服用藥物一定要按照處方籤的指示，絕對不可以服用超過規定的劑量。另外，若要保持身體健康，建議適度地運動和養成營養均衡的飲食習慣，儘量不要累積壓力。

MEMO

6

鍵

［名詞―「鍵」P.45］

家、部屋、会社、お店など防犯上ほとんどの扉には鍵があります。鍵と言えば私は真っ先に金属で作られ、先端が長く凹凸のあるものをイメージします。しかし、時代の変化によって現在は様々な鍵が存在します。

まず、マンションのエントランスでは従来の鍵ではなく、丸いチップ、またはカードキーをかざすと扉が開くようになっています。これはセキュリティー上このマンションの住民でなければ入ることができないので安心です。また、会社のオフィスなどでよく取り入れているのは「テンキー鍵」というもので、パスワードを鍵の代わりとして設置する設備です。会社では定期的にパスワードを変更することで、社内の関係者だけが出入りすることができるように管理をしています。その他に、空港の一部では「顔認証」を既に取り入れています。この顔認証は事前に本人の顔を登録し、自動ゲートで出国、入国の手続きができるようになっています。このシステム導入によって、手続きの時間が大幅に短縮することができ、カウンターの人員も最小限にすることができます。そして、スマートフォンには「指紋認証」機能が何年も前に開発されています。これも顔認証と同じく、事前に登録してある自分自身の指紋を鍵の代わりとなり、ロックを解除することができます。

鍵とはロックされたものを解除するためのツールであり、その形は用途によって様々であります。未来ではあとどんなタイプの鍵が発明されるのでしょう。お楽しみに。

鑰匙

住家、房間、公司、店面等等，爲了安全考量幾乎在每種門上都會有鎖。一提到鑰匙，我第一個會先想到的是用金屬製成而前端有凹凸紋路的樣式，不過經歷時代的變遷，現代社會有各式各樣的鑰匙存在。

首先，大樓的大廳門口並非使用傳統的鑰匙，而是用圓形的磁扣或卡片鎖感應就能夠開啓，這樣如果不是這棟大樓的居民就無法進出，在居家安全上很讓人放心。另外在公司的辦公室裡常被採用的是密碼鎖，這是用密碼代替鑰匙的裝備，公司會定期更換密碼來管控確保都是公司相關人士才可以進出。其餘還有在部分的機場已導入的「人臉辨識」，這個人臉辨識是事先將自己的臉登錄後即可從自動通關口出境或入境，藉由這項系統能大幅減少辦理通關的時間，達到精簡櫃台人員的效果。還有智慧型手機在幾年前就開發出「指紋辨識」的功能，這個功能和臉部辨識相同，利用事先登錄自己的指紋代替鑰匙來解鎖。

鑰匙是用來解除被上鎖的東西的工具，其形態會因用途的不同而呈現各式各樣的形狀。將來不知道還會研發出什麼樣的鑰匙呢？敬請期待。

MEMO

7

きれい

［形容動詞─「きれい」P.244］

美意識とは「美に関する意識、または美に対する感覚や態度」という意味で、その感覚は環境や文化によって異なってきます。例えば、中国の唐の時代では楊貴妃という歴史的人物がいました。唐の時代では現代の美との定義が違い、ぽっちゃりした体形の女性を美しいと思うような説がありましたが、実はただの偶然に過ぎなかったのです。当時の皇帝－玄宗帝は顔もきれいで踊りも上手な楊貴妃を大変溺愛していました。後に安史の乱が起こり、その発端は玄宗皇帝が楊貴妃を寵愛し過ぎたためだと伝えられています。

日本で言われる世界三大美人はクレオパトラ、楊貴妃、小野小町となり、彼女らはただ容姿が美しかったというよりも、女性としての魅力が歴史上に名を残した代表的人物として選定されています。

ミス・ユニバース・ジャパンが定義する現代社会における「本当にきれいな女性」とは、容姿が美しいだけではなく、豊かな人間性と知性をもって人々を魅了し、影響を与え自らの力で自立し社会で輝くパワーを持った女性ということで、ある意味現代社会の楊貴妃や小野小町になれば目標に近付けるのでないでしょうか。

参考資料

- https://ja.wikipedia.org/wiki/%E4%B8%96%E7%95%8C%E4%B8%89%E5%A4%A7%E7%BE%8E%E4%BA%BA Wikipedia 世界三大美人
- https://www.missuniversejapan.jp/ ミス・ユニバース・ジャパン オフィシャルサイト

美

所謂的審美觀是指「對美的意識或對美的感覺、態度」，而這個感覺會隨著環境及文化而有所不同。例如中國的唐朝有一位叫做楊貴妃的歷史人物，在唐朝認爲體型豐腴的女性很美，這就和現代對於美的定義大不相同，不過事實上這純屬巧合罷了。當時的皇帝唐玄宗非常溺愛臉蛋漂亮又擅長舞蹈的楊貴妃，而據說之後發生的安史之亂也是因爲過度寵愛楊貴妃所致。

日本稱之爲世界三大美人的包含埃及豔后、楊貴妃和小野小町，她們之所以被選爲美麗女性的代表人物，並非由於容貌美麗而已，而是因爲她們身爲女性的魅力足以留名青史之故。

日本環球小姐所定義的現代社會中「眞正漂亮的女性」是不僅要有美麗的外表，也要有能夠擄獲人心的豐富個性和知性，還要具有影響力、能獨立自主，在社會裡發光發熱的女性。就某種意義上來說，如果成了現在社會的楊貴妃或小野小町，是否就能很接近目標了呢？

MEMO

8

「食べる」と「飲む」

[動詞―「飲む」P.218]

ご飯を食べる、水を飲むなど日本語と中国語では同じ概念でそれぞれの動詞が使われています。しかし、時には食べるものを飲むと使ったり、その逆の状況に直面したことはあったりしましたでしょうか。例えば、「薬を飲む」、「カレーを飲む」…など中国語での表現では全て「吃（食べる）」と表現するにも関わらず、日本語では「喝（飲む）」という表現となっています。

そこで、まずは日本語の「飲む」と「食べる」の意味を辞書で確認してみましょう。「飲む」とは、主に液体を吸い込むようにして、かまずに口から体の中に送り込む行為を指します。したがって、「食べる」は食べ物を噛んでお腹に入れると解釈されています。つまり、もし中国語と同じく「吃薬（薬を食べる）」と日本語で言ってしまった場合、日本人はまずある人が薬の粒をスナック菓子のようにボリボリ食べている様子を想像し、現実とはだいぶ差が出てきてしまいますよね。辞書の意味からも、「飲む」はかまずに口から体の中に送り込む行為とのことで、普段薬を口入れて水で流し込み飲み込むことと一致します。つまり、日本語の表現では「薬を飲む」が正しい言い方になります。

その他に、「カレーを飲む」という言い方をテレビ番組で耳にすることがあると思いますが、これは薬を飲むことと同じロジックで、カレーが美味しすぎてついつい早食いになってしまい、あまり噛まずに食べていたという解釈になると思われます。実際ご飯や野菜など具を噛まずに飲むのはありえませんが、「とても美味しくてペロリと食べてしまった」という意味の比喩でよく使われています。

「飲む」も「食べる」も、口からものを飲み込む行為ではありますが、ポイントとなるのは歯で噛んでいたかどうかで使い方が分かれてきます。

参考資料

- 『岩波国語辞典 第八版』p.1208/ 株式会社 岩波書店
- 『三省堂国語辞典 第七版 小型版』p.910/ 株式会社 三省堂

吃與喝

吃飯、喝水在日文和中文裡是相同的概念，使用各自的動詞。不過有時你是否會遇到把吃的東西用喝來表示，或是與之相反的情況呢？例如「薬を飲む（直譯：喝藥）」、「カレーを飲む（直譯：喝咖哩）」……等在中文的句子裡全都是用「吃」這個動詞來表示，但在日文裡卻都用「喝」來表達。

首先我們先來確認一下字典上「飲む（喝）」跟「食べる（吃）」的解釋。「飲む（喝）」是指吸入液體且在不咀嚼的情況下由口進入體內的行爲。至於「食べる（吃）」則是指咀嚼食物後吞進肚子裡的意思。也就是說，如果像中文一樣用日文說「吃藥（薬を食べる）」的話，日本人聽到後首先會聯想到的是把藥粒當成餅乾一樣，一口接一口吃的景象，這和現實的情形有很大的出入。根據字典上的解釋可以得知「飲む（喝）」是在不咀嚼的情況下由口進入體內的行爲，這就和平時把藥放進口中用水灌入體內相符了。亦即在日文要說「薬を飲む（喝藥）」才是正確的說法。

另外有時也會在電視節目裡聽過「カレーを飲む（直譯：喝咖哩）」這種說法，這也和「薬を飲む（喝藥）」的邏輯相同，可以解讀成因爲咖哩太好吃了，不自覺吃太快狼吞虎嚥沒有充分咀嚼的情況。實際上吃飯吃菜都不可能沒有咀嚼直接用喝的，不過是常被拿來比喻「太好吃了所以吃光光」的意思。

　　無論吃與喝都是表示東西由口吞嚥而進入體內的行爲，區分它們使用的要點在於有沒有用牙齒來咀嚼。

MEMO

9

お肉の名前？花の名前？

［名詞―「桜」P.74］

日本では昔お肉を食べてはいけないという「肉食禁止令」を出されたことがあります。それは今から 1350 年ほど前に天武天皇により発令され、五畜（牛、馬、犬、日本猿、鶏）を食してはならないとの内容でした。しかし、この発令はおよそ半年程度で終了し、日本人がお肉を食べたいという欲望には勝てなかったらしいです。この「肉食禁止令」が考案されたのは仏教の考えに影響されたと思われることが多いとされています。

日本書紀によると、この「肉食禁止令」が下されるおよそ 130 年前には仏教が日本に伝達され、百済の聖明王の使いで訪れた使者が欽明天皇に仏具や釈迦如来像、お経などを献上したことが日本へ仏教が伝わった始まりとなります。つまり、仏教では一番罪の深い「殺生」は悪いことだと長年その意識が働いていたのだと考えられます。

さらに時は江戸時代へとなると、再びお肉を食べてはいけないと命令を下したのは徳川綱吉です。五代目将軍の徳川綱吉は「生類憐みの令」を発表し、全ての生き物を殺めてはいけないとの原則のもと、狩りや食肉の売買も一切禁じることとなりました。しかし、百姓はお肉を食べたい気持ちを抑えることができず、薬屋でお肉が売っているという奇妙な現象が起こりました。また、堂々と「お肉をください」と言ってしまうと捕まる可能性もあるので、鹿肉を「紅葉」、猪は「山鯨」または「牡丹」、馬肉を「桜」と隠語でやりとりをしていました。

その後、幕府の開国によって肉食が推奨されるようになり、例えば坂本竜馬は軍鶏鍋を大変好んでおり、幕末の志士達は肉食に対して積極的でした。最終的には明治天皇自らが牛肉を食べて肉食を解禁し、正式に肉食禁止令がなくなったことになりました。現代の日本でも桜、紅葉、牡丹の言い方が存在し、特に鍋料理の名称で時々目にすることができます。

肉的名稱？還是花的名稱？

日本過去有頒布過所謂的「肉食禁止令」，這項命令是距今約 1350 年前由天武天皇所下達的，內容是禁止食用五畜(牛、馬、狗、日本猴、雞)。不過這項命令爲期不過半年就腰斬，似乎是敵不過日本人愛吃肉的本性。這項「肉食禁止令」被提案的由來大都認爲是受到佛教思想的影響。

據日本書紀所寫，頒布「肉食禁止令」的前130年左右時佛教傳入日本，當時受百濟聖明王之命前往參訪的使者向欽明天皇奉上了佛具、釋迦牟尼佛像、佛經等，這是佛教傳入日本的開端。也就是說這項命令的啓發想必是受到長年認爲「殺生」是罪孽最深的行爲這種佛教思想的影響。

接著到了江戶時代時又出現了不准吃肉的命令，這是由德川綱吉所下達的。第五代將軍德川綱吉發表了「生物憐憫之令」，基本上不允許殺害所有的生物，甚至打獵和肉類的買賣都一律禁止。不過百姓們無法抑制想要吃肉的慾望，所以出現了在藥店賣肉的奇妙現象。另外，因爲如果大喇喇地說「我要買肉」的話可能會被抓，所以人們就將鹿肉稱作「紅葉」，山豬肉是「山鯨魚」或「牡丹」、馬肉是「櫻花」，以這些行話來進行交易。

到了幕府開城後反而開始推崇吃肉，像是坂本龍馬就非常喜愛鬥雞火鍋，幕府末年的志士們對於吃肉都持正面的態度。最後由明治天皇主動吃了牛肉後正式得到解禁，終止了肉食禁止令。現代日本也還保有櫻花、紅葉、牡丹的說法，尤其是在火鍋的名稱裡有時還會看得到。

10

血液型

初対面の人のことをより知るために、よく星座や血液型を聞きますよね。そこで、世の中には A、B、AB、O 型と言って 4 種類に分類することができ、その発見は 1900 年頃にカール・ライトシュタインナーという学者により提唱されました。当初の分類では A、B、C 型となり、現在の O 型を C 型と命名し、当時 AB 型の発見はまだされていませんでした。具体的に A、B、C 型は赤血球の表面にある糖鎖の違いで判定することができます。

輸血が必要な場合は必ず血液型の確認をしますが、緊急を要する際は O 型の血液を使用することになっています。その理由は、A 型にも B 型にも O 型の糖が含まれているため、血液が凝結することを防げるからです。つまり、O 型の血液であればまず間違いはないとのことで、正確な血液型が判明すればまたその際に血液を交換すれば良いのです。そして、カール・ライトシュタインナーの弟子であるアレクサンダー・ウィーナーは 1937 年に Rh 因子を発見し、血液の種類をより細分化することが可能になりました。Rh因子は赤血球の抗原により判定することができ、輸血の際に起こりうる副作用はD抗原、C/c抗原、E/e抗原が関係することが多いです。その中でもD抗原の有無で陽性と陰性を判断することで表記します。大概の人間はRh^{+}が多いので、もし自身のRh血液型がRh^{-}であれば輸血の際に注意する必要があります。

歴史上の人類の血液型は本来O型のみだったと言われています。A型やB型はそれぞれ腸内細菌が持っていたA型物質とB型物質の遺伝移入の関係で誕生したとされ、AB型はA型とB型の人間による混血で誕生しました。ちなみに、人以外の動物にも血液型は存在し、チンパンジーは人間と同じく4種類ありますが、日本猿はO型とB型のみで、鯨はB型のみとバリエーションはそれぞれとなります。

A型の人間は安定志向、几帳面、細かい、慎重などの性格があると言われ、O型はおおらか、大雑把、社交的という素質を持ちます。B型は好奇心旺盛、自由奔放、気楽などの特徴があり、A型とは真逆なタイプであることは一目瞭然です。日本人の中では約4割の人がA型で、ドイツでも同じくA型が多く真面目で几帳面、慎重な性格が特徴だと認識されています。その反面、台湾では O 型が一番多く、A 型と B 型の割合はさほど差がなく、世界中でも O 型の人が一番多くなっています。

参考資料

- https://ja.m.wikipedia.org/wiki/カール・ラントシュタイナー　Wikipedia「カール・ラントシュタイナー」
- https://ja.m.wikipedia.org/wiki/Rh因子　Wikipedia「Rh因子」
- https://halmek.co.jp/qa/398　ハルメク web「日本人は A 型が多いけど、世界で一番多い血液型は？」
- https://yumenavi.info/lecture_sp.aspx?%241&GNKCD=g004361　夢ナビ「血液型はなぜあるのか」講義 No.04361
- http://www.ketsukyo.or.jp/glossary/a01.html　一般社団法人日本血液製剤協会トップ「ABO 式血液型」
- https://jt-more.com/article12/　もっとオモシロイ！日本と台湾「コラム 2019.02.22/ 日本と台湾の血液型の人数比率は違う！国民性を知るモノサシにしてみては？」

血型

爲了能夠更了解初次見面的人，我們通常都會問對方的星座及血型。世界上可以把血型分爲 A、B、AB、O 型 4 種，這項發現是於 1900 年時由卡爾・蘭德施泰納所提出並分類爲 A、B、C 型，將現在的 O 型命名爲 C 型，且還沒有發現 AB 型。具體而言血型的差別可藉由位於紅血球表面的糖鏈之不同來判斷分成 A、B、C 型。

有輸血的必要時必須先確認血型，不過緊急狀況時會使用 O 型的血液，理由是因為 A 型和 B 型中都含有 O 型的糖在裡面，可以防止輸血時血液凝固。也就是說用 O 型血就不會出差錯，等到確認正確的血型後再替換血液即可。另外，卡爾・蘭德施泰納的門生亞歷山大・維納在 1937 年時發現 Rh 因子，可以將血液的種類更加細分。Rh 因子可由紅血球的抗原來判斷，在輸血時容易引起的副作用，常與 D 抗原、C/c 抗原、E/e 抗原有關。其中以有無 D 抗原來標示陽性或陰性，大部分的人都屬於 Rh^{+}，如果本身是 Rh^{-}的 Rh 血型的話，在輸血時要特別注意。

據說歷史上人類血型原本只有 O 型一種而已。A 型和 B 型都是各別因持有 A 型物質和 B 型物質的腸道內細菌的遺傳移入而產生；而 AB 型是由 A 型和 B 型人的混血後誕生。順帶一提，除了人類以外動物也有血型存在，像是黑猩猩就和人類一樣有 4 種血型，但日本獼猴就只有 O 型和 B 型而已，鯨魚只有 B 型，因物種不同血型的種類也會有所不同。

A 型的人常被說是喜歡穩定、龜毛、仔細、謹慎的個性，而 O 型有不拘小節、大剌剌、社交能力好等特質，B 型則是具有好奇心強、自由奔放、隨意等特徵，很明顯是和 A 型完全相反的類型。日本人當中有將近 4 成的人是A型，且德國也是A型血的人最多，所以認眞、龜毛、謹愼的個性也是德國人的特徵。相對地台灣則是O型的人最多，而A型和B型的比例沒有太大的差別，全世界也是O型的人最多。

MEMO

MEMO

MEMO

MEMO

一字一次就學夠!日語一字多義快記詞典 / 劉艾茹著.
-- 初版. -- 臺北市：笛藤出版, 2021.09
面； 公分
ISBN 978-957-710-828-9(平裝)
1.日語 2.詞彙
803.12　　110014575

2021年9月24日　初版第1刷　定價430元

著者	劉艾茹
總編輯	賴巧凌
編輯	陳亭安
編輯協力	饒麗真
插圖	Aikoberry
封面設計	王舒玗
版型設計	王舒玗
編輯企劃	笛藤出版
發行所	八方出版股份有限公司
發行人	林建仲
地址	台北市中山區長安東路二段171號3樓3室
電話	(02)2777-3682
傳真	(02)2777-3672
總經銷	聯合發行股份有限公司
地址	新北市新店區寶橋路235巷6弄6號2樓
電話	(02)2917-8022 · (02)2917-8042
製版廠	造極彩色印刷製版股份有限公司
地址	新北市中和區中山路二段380巷7號1樓
電話	(02)2240-0333 · (02)2248-3904
郵撥帳戶	八方出版股份有限公司
郵撥帳號	19809050